人间

陪一只蚂蚁去散步

郑州大学出版社

郑州

图书在版编目(CIP)数据

人间·陪一只蚂蚁去散步/马国兴,吕双喜主编.—郑州:
郑州大学出版社,2019.2
　　(小小说美文馆)
　　ISBN 978-7-5645-5987-8

　　Ⅰ.①人… Ⅱ.①马…②吕… Ⅲ.①小小说-小说
集-中国-当代 Ⅳ.①I247.82

中国版本图书馆 CIP 数据核字(2019)第 006839 号

郑州大学出版社出版发行
郑州市大学路40号 邮政编码:450052
出版人:张功员 发行部电话:0371-66658405
全国新华书店经销
河南龙华印务有限公司印制
开本:710 mm×1 010 mm 1/16
印张:10
字数:146 千字
版次:2019 年 2 月第 1 版 印次:2019 年 2 月第 1 次印刷

书号:ISBN 978-7-5645-5987-8 定价:29.80 元
本书如有印装质量问题,请向本社调换

编委名单

总策划　任晓燕

主　编　马国兴　吕双喜

副主编　王彦艳　郜　毅

编　委　马　骁　牛桂玲　胡红影　李锦霞

　　　　　段　明　孙文然　丁爱红　郑　静

　　　　　付　强　连俊超　郭　恒

序

任晓燕

"小小说美文馆"丛书这项出版工程，推举小小说作家，推出小小说作品，推广小小说文体，为进一步推动全民阅读工作常态化、规范化，提升国民素质和社会文明程度，共同建设书香社会，做出了应有的贡献。

纵观我国现代文学史，每一种文体的兴盛都有其复杂的社会文化背景。其中，传媒载体是一个不容忽视的重要条件。如大型文学期刊之于中、短篇小说，报纸文化副刊之于散文、随笔。现代社会，传媒往往引导着阅读的时尚。

当代中国的小小说，也是如此。

仅仅在三十多年前，小小说对于读者来说，还是一个较为陌生的概念。在称谓上也五花八门，诸如微型小说、一分钟小说、超短篇小说、袖珍小说、千字小说、快餐小说、迷你小说等。当时，全国没有一家小小说专业报刊，小小说作品往往作为报刊的补白或点缀，难登大雅之堂。与之相对应，也没有专门从事小小说创作的作家，大都属于散兵游勇式的业余创作。而全国性的文学评奖，更是从来就没有小小说的一席之地。

在这种情况下，1982年10月，郑州小小说文化传媒有限公司的前身百花园杂志社，敢为天下先，在旗下的文学期刊《百花园》推出"小小说专号"，引起文学界的关注，受到读者的欢迎。此后，1985年1月，《小小说选刊》正式创刊；1990年1月，《百花园》改版为专发小小说的期刊。此外，百花园杂志社还多次举办小小说笔会、评奖等文学活动，先后创办小小说学会、函授学校等民间机构，不断推进小小说作家专集、作品选本等出版项目。

通过业界同仁多年不懈的努力，小小说已从点点泛绿到蔚然成林，以独立的姿态屹立于中国当代文坛，跻身"小说四大家族"，并进入鲁迅文学奖评选序列，在全国各地拥有逾千人的较为稳定的创作队伍，成为广大读者喜闻乐见的文体。

　　小小说是新兴的文体，又有着古老的渊源，在一定程度上，它与文学的起源密不可分：上古神话传说如《夸父逐日》《嫦娥奔月》《女娲补天》等，就具有小小说精炼、精美的叙事特征；春秋战国的诸子著述，不乏微型珍品；南朝刘义庆的《世说新语》，堪称我国最早出现的小小说集；宋代人编撰的《太平广记》，可谓自汉代至宋初野史小小说的集大成著作；清代蒲松龄的《聊斋志异》，创立古典小小说的高峰；现代鲁迅的《一件小事》等，开启白话小小说兴盛的序幕。

　　近几十年来，小小说之所以大行其道，是与现代生活节奏合拍分不开的。从这个角度来说，小小说是一种最具有读者意识的文体。同时，小小说受到世人的普遍关注，根本原因在于展示出了宝贵的文学艺术价值。当代中国的小小说，继承了从古代神话到诸子寓言、从史传文学到笔记小说的叙事艺术传统，并与各种艺术形式的美学精神相通相融。比如对意象之美和境界之美的追求，就代表着中国文艺美学的主要传统，它是至高的，也是永恒的，也正是小小说艺术的自我要求。

　　文学创作的成功与否，不能以篇幅长短而论，最终还是看思想艺术上的成就。诸多优秀小小说作品，言近旨远，微言大义，给读者留下了难以磨灭的印象，其艺术含量和思想容量丝毫不逊于中、短篇小说。所以，小小说最能够、也最便于在读者心灵上打下烙印，原因就在于它的精炼和集中，常常呈现给读者引人入胜或发人深思的典型事件，性格鲜明的典型人物。小小说还是"留白的艺术"，把最大的想象空间留给读者，去回味、创造和补充。小小说对语言的要求很高，诗歌创作中的炼字炼意，对于小小说同样适用。

　　当代中国的小小说已形成气候，成为一种广阔的文学景观。今日，小小说已步入创作成熟期，以特有的艺术魅力丰富着我们的精神生活，也必将在文学史上留下自己的位置。在此，作为一位"小小说人"，我期望小小说作家像苍穹中的繁星那样，闪烁出五彩缤纷的个性之光。

　　（任晓燕，郑州小小说文化传媒有限公司董事长，《百花园》《小小说选刊》总编辑。）

目 录

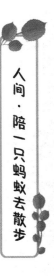

归隐录

聂鑫森

　　一个人辛辛苦苦工作几十载,鬓微雪,眼渐昏,到了花甲之年终于可以退休归隐,去含饴弄孙了,但那人对单位对专业对同事的眷恋之情,却又会变得更加浓酽。正如宋词中的名句所状:"去也终须去,住也如何住。"

　　湘楚市博物馆的古籍修复师沈君默,满六十岁的这一天,一上班就拿着退休申请报告,疾步走向馆长刘政和的办公室,似乎一刻也不想在这里驻停了。

　　沈君默个子不高,微胖,慈眉善目,满脸是笑,远看近看都像一尊佛。他不留胡须,下巴总是泛着青光,也不留头发,一年四季都是光头。他说搞古籍修复,图的是一个干净,以免工作时为掉落的一两根须发而分神。这辈子他修复过多少珍本、善本? 数不清。无论古籍损坏到什么程度,他都能令其起死回生。

　　沈君默的爷爷和父亲都是干这个行当的,他从十八岁一直干到六十岁,整整四十二年。儿子沈小默从大学的历史系本科毕业后,特招进馆跟着他参师学艺,一眨眼也三十出头了。

　　沈君默有孙子,刚刚四岁。有人问:"你孙子长大了干什么?"

　　"还能干什么? 干祖传的手艺。"

修复一本破损的古籍，就有十几道工序：拆解、编号、整理、补书、拆页、剪页、喷水、压平、捶书、装订……不光是补虫眼、溜口（补书口）这些很容易的活儿，难的是把经水浸后整本书粘在一起的古籍，如"旋风装""蝴蝶装"等，经过特殊工艺处理，逐页分离修复，而且要修旧如旧，非高手不可为。

沈君默来到馆长室门前，正要举手叩门，门却忽然敞开，走出笑吟吟的刘政和："沈先生，我等着你哩，请进！我托朋友从杭州买来的'明前龙井'，已经给你沏上了。"

"谢谢。"

刘政和原供职于历史研究所，调到博物馆不到三个月。为人谦和，五车腹笥，而且不徇私情，全馆上下对他印象颇佳。前任馆长章扬升迁为文化局副局长，在刘政和上任几天后，忽然来馆里检查工作，顺带提出要借库存的古籍《归隐录》回去研究。刘政和立马回绝，说："章局长，这是不行的，你可以到这里来读，但古本书是严禁外借的。你是从这里出去的，应该知道这个规矩，请海涵。"章扬哈哈一笑，说："我是想试试你，果然坚持原则。"

沈君默与刘政和在一个古拙的茶几边坐下来，玻璃杯里的龙井茶飘出清雅的香气。

"沈先生，请尝尝。"

"好。嗯，不错，是正宗的龙井村那块地方的货色。"

"沈先生，我知道你口袋里肯定揣着退休的申请报告，可你不能走啊，我想延聘你一段日子。"

"唉，人老了，眼花了，干不动了。再说，馆里有我的学生、我的儿子，在修复古籍上可以独立操作了。"

"恕我直言，他们比你还差点儿火候。馆里有一大册本地前代名人写的《归隐录》，年代久远，水浸、虫蛀，不但粘连在一起，而且破损得厉害，难道你不想修复？"

沈君默摇摇头，叹了口气，说："不……想，想也是白想。"

刘政和解开中山装的领扣，喉结上下蠕动，目光变得锐亮，大声说："我调查过，你曾向章扬提出过申请要修复这本古籍，他说这书没什么价值，不批准。还说，库里要修复的古籍多着哩，你为什么要单挑这本。你怎么回答的？"

"我不能说。"

"我现在来替你说。我在历史研究所厮混多年，读过不少书，尤其是有关乡邦历史的书。《归隐录》的作者，叫章道遵，字守真，清道光朝的吏部官员。官方史书上称他为能臣、廉吏，风头很健，五十四岁时，皇帝忽然下诏，允其多病之身告老还乡。他回乡后，意志消沉，关门谢客，写了这本《归隐录》，没有付梓刻印，只是聘人手抄了十本，故传世稀少，他是六十岁时辞世的。"

"对。"

"但在当时的野史中，也有人说到他任吏部要职时，暗中受贿，在老家置办田产、房产。但没有佐证的史料，所以他的形象依旧光彩照人。因章道遵是个真正的读书人，敬儒知耻，我揣测是不是《归隐录》中，有关于这方面的文字？"

"当然有！"沈君默蓦地站起来，大声说。

"你读过这本书？"

"我家有《归隐录》的半本残页，是我爷爷于新中国成立前收藏的，中间有数则写他忏悔平生有过的不洁言行，以及皇上对他的宽宥，让他体面地回乡养老。"

刘政和喝下一大口茶，拍了拍脑门儿，说："我明白了，为什么章扬不让你修复此书，为什么我任职之初他要借此书回家研究。他虽未读过此书，但害怕书中有什么不利于先祖的文字。因为，章道遵是章扬的先祖，章扬曾写过文章力赞先祖的德行。"

"刘馆长，章扬的为尊者讳，可以理解。他的先祖却敢自揭其短，倒是令人钦佩。"

刘政和嘴角漾出一丝冷笑，缓缓地说："恕我直言，你也把我小看了。我想延聘你修复《归隐录》，你愿意吗？"

沈君默低头不语。

"你在想，博物馆隶属于文化局，章扬是分管我的领导，我定然不敢同意，是不是？"

"是。"

"还原历史的真相，是我们的责任。文天祥《正气歌》说：'在齐太史简，在晋董狐笔。'这种节操，我还是有的，有什么可怕的？你有什么条件，请讲。"

"我没什么条件。我到退休年纪了，请批准；延聘多长时间，由你定。我照常上班，每月拿退休工资，不拿任何补贴。"

"我都依你。来，让我们以茶当酒，碰个杯，祝诸事顺吉！"

"好！我自个儿的《归隐录》，今天就是开篇第一章。"

半年过去了，《归隐录》已精心修复，又影印一百部准备分赠本市的档案局、历史研究所、图书馆及本省、外省的有关部门。为此，博物馆举行了隆重的新闻发布会，所请贵宾手中的请柬，都是刘政和用漂亮的小楷所书。

贵宾中只有章扬没有到场。

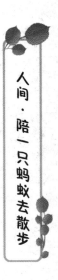

雅　集

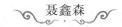

聂鑫森

　　冯楚声忽然收到一张梅红请帖,是县长汪晓廉派人送来的,请他到汪府去喝"头伏酒",这使冯楚声多少有点意外。

　　在这座江南的古城,冯楚声可说是个名人。他出身于书香门第,旧学根底很厚实,诗、词、歌、赋、曲,无一不通,又在北京读过几年大学,中西合璧,本可以一展凌云之志。他却回到老家,做了一个县立中学的校长。一晃就做了十年。许多人为他惋惜,觉得这是大材小用,他却淡然一笑,说:"我为天下育英才,有什么可遗憾的?"

　　他善饮酒,酒量好,酒德也好。醉了,倒常吐出些好诗来,闻者无不击节赞赏。

　　他还有一癖,厌恶身上带钱、手上拿钱。每月发薪水,让校役领来,由校役安排他的生活所需(家里有一份祖产,无须他操心)。故而也闹出一些笑话来:有时一个人踱到酒楼,点几个爽口的菜,喝当地出产的"莲花白酒",很是尽兴,待到付账时,方觉身上未带分文。他一笑,掏出金壳怀表交给堂倌:"当了!"当铺就在不远处,堂倌飞快地去当了钱来,抵了酒钱,还剩若干,他说:"给你去买件衣服!"第二天,再由校役带钱去把怀表赎回来。

　　他真是个雅人。

冯楚声还有件爱物，是一把纸折扇，一面是郑板桥画的风竹，一面是郑板桥写的"六分半书"，是祖父传下来的。夏秋之间，他手不离扇，或摇或不摇。凡看过这把扇子的，都说是一件精品，若质之于坊肆，价钱肯定昂贵。

冯楚声才三十五岁。

汪晓廉的家宴在古城是很有名气的。

汪晓廉年近花甲，年轻时是个风云人物，北洋时期做过参事，在官场混得很熟，但不是很得意。一年前，汪晓廉称年事渐高，思归故里，便通过各种门道，谋到故乡县长一职，于是带着历年积敛之家财，携眷南下，走马上任。

汪晓廉有个好厨子，叫朱三。朱三的样子很怪，三角眼，鼠须。他炒得一手好湘菜，刀工好，烹艺精，每一道菜都可以做得尽善尽美。朱三年纪不小了，曾经服侍过汪晓廉的父亲，很得老太爷的欢心。老太爷任过民国政府的要职，病逝时，朱三居然题过一副受人称道的挽联。那挽联是这样写的："侍奉承欢忆当年，公子趋庭，我亦同尝甘苦味；治国烹饪非易事，先生去矣，谁识调和鼎鼐心。"评判的人，只两个字：切题。

汪府的家宴开得很频繁。办家宴的效果，一是笼络了人心，增进了情谊，大家都有个照应；二呢，汪晓廉并不蚀本，而且进项还不少。每次菜上了桌，酒过三巡，朱三便从厨房走出来，恭恭敬敬地问："各位大人口味如何？"汪晓廉便介绍道："都是朱三的手艺，过会儿我赏你。"赴宴的人都有身份，哪能让朱三白问这一句话？便纷纷从口袋里掏出赏钱来，十块二十块银圆，甚至拿出百元银票，极潇洒地赏给朱三。朱三便谢了，退下去。

朱三敢把赏钱私吞吗？不敢！客人去后，便全数交给汪晓廉，汪晓廉随手赏他两个大洋。

冯楚声捧着梅红帖子，看了好一阵，心想：他怎么会请我呢？至今为止，冯楚声和这位县长大人只有过一次碰面。

一月前，汪晓廉突然来校督察，对全体师生进行训话，无非是"敝人归还故里，立志刷新政治，兴办实业，发展文化，提倡新生活运动"之类，听得人头皮发炸。而后,汪晓廉到校长室小憩。他一边品著,一边夸奖冯楚声治校有方,一双眼睛却盯在冯楚声手中的扇子上。

"冯校长,可否借你的扇子一观?"

冯楚声点点头,把扇子递过去。

汪晓廉接过扇子,左看右看,上看下看,连连称赞:"不错,是板桥真迹,好,好。老夫就没有这样的好东西。"

汪晓廉一边说一边用眼睛睃着冯楚声。

冯楚声高兴起来,说:"是件好东西,祖上传下的。"

汪晓廉又恋恋不舍地看了一阵,才把扇子递给冯楚声,然后对随从高喊一声:"回县衙!"

冯楚声放下帖子,对校役说:"去给我订辆洋车,明天中午我去汪府喝'头伏酒'。"

宴席设在一个傍着荷塘的凉榭里。

家人唱一个喏:"冯大人到!"

汪晓廉迎到阶边,一拱手,说:"冯校长赏光,老夫荣幸之至!"

接着,汪晓廉将冯楚声向先来的客人一一介绍。

冯楚声哪里记得住这些名字? 只知道来的是本城的商会会长、钱庄老板、警察局局长、公路局局长、法官、律师……

女佣将"莲花白酒"斟入一只只杯子。

不一会儿,第一道菜上来了,是子姜炒叫鸡,黄黄的姜丝,红红的椒丝,间杂在嫩黄的鸡块之间,香得让人咂嘴。接着,又端上姜丝炖乳狗、白藕小烧肉、荷叶蒸鱼、辣子爆红鲤、清炒甲鱼块、苦瓜炒蛋、莲子羹、快熘肚尖、臭豆腐、太极图(黄鳝)……满满一桌子!

"来,各位大人,先干一杯,再尝尝朱三的手艺。"

头杯酒通通干了下去。

冯楚声尝了一块鸡,很嫩、很香、很脆,不错,火候掌握得恰到好处。

"冯校长,你是见过大场面的,怎么样?"

冯楚声冲着汪晓廉点点头,说:"神品!"

众人皆笑。

冯楚声把每道菜都尝了尝,都不错。他暗想:他汪县长好口福。

炖乳狗肥而不腻,荷叶蒸鱼别有一番清润,辣子爆红鲤辣中含甜,臭豆腐焦而不枯,太极图脆中含油……

酒过三巡。

朱三满脸是笑地走过来,说:"各位大人,可合口味?"

大家都叫好。

汪晓廉说:"朱三卖了力气,过下我有赏。"

商会会长是个大胖子,吃得满头是汗,叫道:"这'头伏酒'吃得有意思,朱三,我赏你二十块大洋。"

朱三说:"您老看得起,朱三谢您了。"

大家都拿出了赏钱。

轮到冯楚声了,一摸口袋,没带钱——他从来不带钱——心便突突地跳起来。

所有的目光都射向他。

冯楚声装作去掏手帕,又按按口袋,怀表都忘记带了!

汪晓廉随意地说:"来,大家喝酒,大家喝酒!"

众人都没有端杯子。

冯楚声哈哈一笑,站起来,对朱三道:"他们都赏你钱,我不赏钱,我赏你一样雅玩。听说你朱三也是读过些书的人,来,我赏你这把扇子,郑板桥的真迹!"

汪晓廉说:"冯校长赏得太重了。朱三,还不谢过冯大人!"

"谢冯大人!"

朱三接过扇子,朝大家点点头,说:"慢慢品尝。等大人们喝好了,我还有一道点心上来，叫荷花糕，是用新鲜荷花捣碎，和着糯米粉、白糖蒸的。冯大人，您一定要尝尝。"

朱三飞快地走了。

冯楚声觉得很燥热，想摇一摇扇子，猛然悟道：扇子已经没有了。

又过了几天，汪晓廉手上摇着一把扇子，一面是郑板桥的风竹，一面是郑板桥写的"六分半书"。看过的人都说：那真是一件好东西！

悄悄话和悄悄话

赵 新

我是这样认识他的。

那天傍晚，我在我们小区大门口的菜市上买了二斤黄瓜，提起来往家走时，觉得手里轻飘飘的，脚步就有了犹豫。我想请人再把黄瓜称一称，即使分量不够，我也不去找人家的后账，只想做到心里有数。

我前后找了两个人。

第一个是三十岁左右的小伙子。小伙子是卖西葫芦的。

小伙子冲我笑了："大叔，您好，您买西葫芦吗？"

我说"我不买西葫芦，我想把手里的黄瓜过过秤……"

小伙子挥了挥手："对不起，您不买俺的西葫芦，俺怎么给您过秤？"

我笑了："同志，这是哪儿挨着哪儿呢？"

小伙子严肃了："这不是紧紧地挨着嘛，您不帮助我，我怎么帮助您？"

第二个是中年女人，身体粗壮，脸面黝黑。

我还没把话说完，她的脸就阴了，很不耐烦地说："我可不做这伤天害理的事！我给你称了，就会得罪卖主，你以为我是个孩子？"

我说："大嫂，帮帮忙嘛……"

她用白眼翻我："你又不是我小舅子，我为什么给你帮忙？"

我心里很有气,很想和她理论一番:"大嫂啊,女人也有小舅子?"

就在这个时候有人伸出手来,接过我的黄瓜,放在了他的秤盘上。他很认真地告诉我,这黄瓜是一斤六两。他说他的秤很标准,称错了他负责。

他显然是一个乡下人,光头,布鞋,一条裤腿挽起来,露出了圆鼓鼓的膝盖;一条裤腿耷拉着,盖住了脚面。个头不高,眼睛不大,一张瘦削的赤红色的脸,一抹浓黑的很好看的胡子。站在如火如荼的落霞里,我闻见他浓郁的汗味。

他不卖菜,他卖的是苹果、香蕉、橘子。

我很受感动。我紧紧地握住他的手说:"好兄弟,谢谢您!"

他说不谢不谢,做这点儿事情不费吹灰之力;他说他今年才四十五岁,论年纪我是他的长辈。他说:"叔叔,您回家吧,该做饭了,婶子在家里等您。"

我担心他遭到那个黑脸女人的辱骂,或者遭到那个卖黄瓜的报复,就蹲在他跟前慢慢地抽烟,借以观察动静。他轻轻地把我拉起来,亮起嗓门说:"叔叔您走吧,光天化日,没人找我的麻烦;找也不怕,咱有地方说理!"

我就慢慢地往家走,走了几步他又追上来,踮起脚尖和我说了几句悄悄话。

这样我就认识了他,记住了他。他姓吴,几个月前还在村里种地,他的一双儿女一个叫吴优,一个叫吴律,都是正在读书的大学生。我很有兴趣地问他孩子们为什么叫吴优吴律,他说他希望他们无忧无虑地生活,希望每个人都无忧无虑地生活。

一天我又看见他帮人过秤。请他称东西的是位年逾古稀的老太太，放在他秤盘里的是一小袋鲜嫩的豆角，旁边还放着一把水灵灵的小葱。

他告诉老太太："大娘，您放心，您的豆角分量不差。"

老太太说："你说不差就是不差！你再把那把小葱给我称称……我让你称这称那，不会给你惹下祸害吧？"

他大声回答："不会，光天化日，没人找我的麻烦。找也不怕，咱有地方说理！"

结果那小葱差了一两。

老太太要走时，他凑上前去，又和她说了几句悄悄话。

不久便有消息传出来，说难怪这位吴师傅天不怕，地不怕，行得端，走得正，原来人家有后台，根子很硬！

那天我买菜回来时，那个黑脸女人突然叫住了我："大叔，您等等。"

我便停下脚步看着她，她的脸笑得很灿烂。

她很神秘地说："大叔，您知道吗？那个老吴的侄子是局长，专管咱们菜市场！"

我摇了摇头，表示不知道。

她说："大叔，您别替他保密啦，大家伙儿都知道啦。以后我可以给您重新过秤，看谁还敢缺斤短两！"

我悄悄地问："大嫂，这事您听谁说的？"

她悄悄地回答："我听那个称了豆角又称小葱的大娘说，老吴不是和她说悄悄话啦？对了，老吴也肯定告诉您了，他也和您说了悄悄话！"

我不置可否地说："啊，啊，您忙吧，我走啦……"

我倒愿意老吴的侄子是局长，但是那次老吴和我说的悄悄话是："叔叔，您保重，为几两黄瓜，不值得生气。"

走样儿

赵　新

那条省道开通之前,县政府给了石牛镇一个指标,让他们在全镇范围内选拔一名护路人员,五天以后到交通局报到,接受培训,安置工作。条件是二十岁到二十五岁的男性公民,高中以上文化程度,身体健康,作风正派,能够吃苦耐劳,热爱护路工作。

镇政府在研究这件事情时,马镇长非常严肃地发表了一席讲话。

马镇长说:"同志们,我们镇政府管辖着十二个村委会,管辖着两万多口人,指标只有一个! 我们很为难,我们让谁去不让谁去? 一个很明显的事实是,这个指标给了哪个村哪个村高兴,不给哪个村哪个村会有意见;高兴的只有一个,不高兴的却有十一个! 为了一个高兴而惹得另外十一个不高兴,为了个别人高兴而惹得大家不高兴。如果我这样做了,我这个镇长就是没头脑,就是傻小子!"

马镇长还说:"不就是要个养路工吗,能干活儿就行了,还要求什么文化,什么岁数,什么作风正派,什么热爱这个热爱那个,把很简单的事情搞得很复杂! 我的意见是镇政府不拿意见,干脆让十二个村委会主任到我们这里抓阄。谁抓着谁算,抓不着怨他手臭,只能自认倒霉,他敢抱怨我们镇政府的哪一个?"

马镇长又说:"我再补充一句话,不管张三李四,谁抓着这个阄儿,他必须到镇上的"醉仙楼"请我们喝几盅,我们不能白替他们张罗啊!"

马镇长的讲话引来一片经久不息的掌声,有人大声呼喊:"好,就这么着!"

结果西河村的村委会主任秦二猛抓到了这个画了一个小人儿修路的纸团团。

结果秦二猛在"醉仙楼"设了宴席,答谢马镇长和镇政府的同志们。

可是秦二猛并不高兴。他俏皮地说:"马镇长,我去当这个养路员行不行?"

马镇长盯住他的脸问:"你什么意思?把话说清!"

秦二猛说:"你这是给我出了一道难题呀!咱们镇十二个村委会,数我们西河村村庄最小,人口少,我们村有文化的年轻人都在城市里打工,远得电话上也喊不答应;家里守着的都是老弱病残孤儿寡母,哪儿还有人家要求的那样的人?"

马镇长微微一笑,拍拍秦二猛的肩头说:"你小子是一根木头呀,还是一块石头呀,怎么那么保守,那么僵硬?又不是叫你去当大学教授,又不是让你去搞人造卫星,就是出个养路员嘛,条件差一点点……怎么能说你们村没人?"

秦二猛说:"马镇长,意思是?"

马镇长说:"你说是不是?"

秦二猛从镇上回到西河村以后,马上召开各村民小组长联席会议。他在会上说:"父老乡亲们,爷爷奶奶们,大伯叔叔们,婶子姑姑们,哥哥嫂子们,上级看得起我们西河村,特地给了我们村一个指标,要我们选拔一名养路人员,五天以后去县里培训。人家要求的条件是:第一,是个男人;第二,是个二十岁到四十岁的男人;第三,是个不跑小道子、不拈花惹草、忠诚老实、勤奋干活儿的男人;第四,是个认字的男人;第五,是个结结实实、腿脚没有毛病的男人。为了公正公平,大家抓阄,哪个组长抓着,哪个组里出人。当然他不能白抓着,这么好的事情,他得请我到饭馆里吃两顿!"

大家都笑了,老茂大伯喊道:"请你吃一顿就行啦,你还要吃两顿!"

秦二猛说:"一顿可不行!这个指标是我从镇上抓阄抓来的,我早请了人家一顿,怎么我也得赚一顿!"

不偏不倚,老茂大伯抓到了这个画着一个小人儿修路的阄儿。

老茂把那个阄儿拿在手里把玩半天,又把它退给了秦二猛。老茂说:"猛子,对不起,我们这个村民小组没有合乎条件的人,抓着了也是白抓!"

秦二猛又把那个纸团团放到了老茂的手里。秦二猛悄悄地说:"大伯,你别比着葫芦画瓢了,我说的那些条件都是高标准,严要求,反正他们也是要个养路的,差一点点……明白了吧?"

老茂说:"意思是?"

秦二猛学着马镇长的话回答:"你说是不是?"

老茂大伯明白了。老茂在第二天中午召开了本小组全体村民会。老茂也让大家抓阄儿,谁抓着谁就去当养路员。老茂特别强调说:"这个指标是二猛抓阄抓到咱们西河村,我又抓到咱们这个村民小组的,不管你们谁抓着,你们都要有个意思,有个良心!"

老茂说声"开抓",有人就抓到了那个画着一个小人儿修路的阄儿。

老茂给秦二猛汇报了结果。

秦二猛拨通了马镇长的电话,给马镇长汇报结果。他说他认真贯彻执行马镇长的重要指示,一丝不苟地组织大家学习讨论,公正公平公开地进行选拔工作,选拔结果是……

马镇长正在酒席桌上喝酒,态度很不耐烦。马镇长说:"秦二猛,你少啰唆,这个养路员叫什么名字?"

秦二猛回答:"高胜男!"

马镇长说:"好,听这名字就挺响亮,一定是个高大魁梧的男子汉!什么

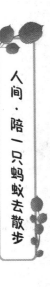

文化程度?"

　　秦二猛回答:"认识自己的名字!"

　　马镇长说:"好,给他报个高中毕业!"

　　马镇长说了两声好,就把电话挂了。秦二猛心里却很不踏实:也不知道老茂大伯是怎么"差一点点"的,这个高胜男是位女性,而且已经六十六岁,论起辈分来,他还得叫她奶奶!

为什么不种点儿东西

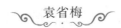

袁省梅

"哎,大哥,那些东西,卖不?"

我蹲在地边,正抓着小锄头乱锄时,抬头看见那人骑在三轮车上,黑红的糙脸泛着油光,在栏杆外朝我笑。他的下巴点着北墙角下的一堆饮料桶啤酒瓶,说:"卖不?"三轮车上的音响咕咚咕咚,山呼海啸,简直要淹没了我。我说:"什么?"我觉得我的声音是从海底浮上来的,虚弱又无力。

他腾地跳下来,手里扯着个编织袋,径直走进院子,走到那堆垃圾前,说:"清理了吧,这么好的院子,大哥,堆这东西,碍眼。"

挺会说话。会说话,就能让人开心。这是我媳妇说的。我媳妇喜欢会说话的人,我却偏偏嘴笨得要死。我说:"好吧。"

我靠在香椿树上,看着他数完啤酒瓶,在地上记下一个数字。数完饮料桶,在地上又记下一个数。他说:"各是各的价,做事不能含糊,我就见不得眉眼不分、头脑不清的人,你跟他说什么呢?"他看我一眼,又说:"你那是香椿树吧,我家院子也有一棵,比你这棵要大,春天能掰不少椿芽,切碎了,腌着,啥时候想吃了,炒鸡蛋,凉拌,多放点儿油和辣椒,能多吃一个馒头。我去的地方多了,哪个地方的饭菜也没这香椿炒鸡蛋好吃。"

我扭头看着头顶的香椿树叶,阳光拂过树叶,风从树叶上滑过。我第一

次发现香椿树叶的嫩芽是淡淡的紫红色。

"尤其这嫩芽，紫红色时最好吃，一旦绿了，就有点儿老了。"他说，"香椿的香味很特别，一定要细细品，才能觉出香味儿来。世界上好多事都是一样的，得去品，幸福要品，苦难也要品。大哥你相信不，苦难也得品，品着品着就觉出苦难的滋味儿也很特别。"他小心地绕过地上的数字，从三轮车上取来一杆秤，把捆好的纸箱子钩在秤钩上，叫我看秤。我懒得动，离开香椿树，坐在台阶上，说："你拿走吧，别称了。"他不同意，一手提着秤绳，一手把黑的秤砣在秤杆上挪，说："我不是捡垃圾的，我不做那事，我收废品。废品不是垃圾。"

三轮车上的音响还在咕咚咕咚响。我说你能不能把车上的音响关小点儿声。他嘿嘿笑笑，把音响关了。一时间，全世界好像都安静了下来。阳光和煦，明亮。风儿柔和，绸子般轻轻飘。是三月还是四月了？

"都四月了，清明都过了，你这园子咋还荒着？"他把废品袋子嗵地扔到车上，说："你不该让园子荒着，眼里有风景，做梦也会笑出声。"他捡起我扔在地上的小锄头，说："这么好的园子荒着，多可惜。"

种什么呢？我不知道种什么。我从来没有种过庄稼。是媳妇说她喜欢带院子的房子，我才在城郊买了这处房子。媳妇说，在院子里种点儿花、种点儿瓜，夏天坐在瓜棚下，摇着蒲扇，看着蜜蜂蝴蝶飞来飞去，嘤嘤嗡嗡，多好。可我哪里知道我搬来了，她却走了。

"你的园子你说了算，黄瓜、南瓜、豆角、芝麻、玉米、红薯，你喜欢什么就种什么，种什么也不能叫地荒着。"他蹲在地里，用那把生锈的小锄头一下一下地啃着硬土。他说："要是我，就种豆角南瓜，我喜欢黄色的南瓜花，一开，就忽闪忽闪的，我媳妇喜欢豆角花儿，说豆角花儿碎，紫不丢丢的，一开一串一开一串。她说等攒够盖房子的钱，就回老家去。"

小锄头在他手里舞弄得有力。太阳下，一股酸酸的腥味儿在园子绕开了。一会儿，小园子就翻了个遍。他抹把头上的汗，给我要种子。他说："随便什么种子都行,最好是菜种子,以前在老家,我就种菜,西红柿茄子辣椒,长得可好。我那地好,我也舍得出力。光有蛮力也不行,你知道,干啥都得会管理。"

我一下拿出好几包种子,有蔬菜也有花卉。本来是准备跟媳妇一起种的。"我种花,你点豆;我浇水,你锄地……"媳妇说。多好的田园生活。可她看到这园子时又说:"你把钱都买了房子,生意不做了?"我一直不知道她到底想要什么样的生活。

"人不可能什么都知道,对吧大哥?"他点着种子,扭头对我说,"可你有了这么个园子,你就得给它种花种菜。别嫌麻烦,生活就是这样,拥有了,就得管好。"

种完了地,我把家里的废纸箱子旧报纸旧书本,呼呼啦啦翻腾出一大堆。我说:"这些都给你。"

他笑了,说:"你咋给屋子堆这么多废品?人活着得学会清理,像这园子,勤清理杂草害虫,菜才能长好。"他手上抓着大秤,黑铁秤砣在秤杆上晃来晃去,总想要哧溜砸下来的样子。我不由得退后几步。

三轮车咕咚咕咚要开走时,他突然想起什么,甩甩手,从怀里掏出一张纸片:"给你,大哥,上面有我的电话,饮料罐别人收两毛,我收三毛,谁也管不了我。"他吸了一口烟,好像号令三军的大人物一样,眯着眼说:"很多人跟我有联系,他们家有了废品就给我电话。家里不要堆废品。眼里全是废品,心就要长草。"他又回头对我说:"记得浇水,不要让园子荒着。"

我捏着他的名片,看到那上面的名字:吴飞龙。名字下有一行小字:飞龙再生资源有限公司董事长。下面还有一行小字:把废品交给我,我还你一个美丽的新世界。

好大的口气。我扑哧一声笑了。

鞋匠李老歪

袁省梅

李老歪正在家做饭,响亮的歌声从门缝里冲了进来。李老歪觉得,那声音就像是炮弹,一下一下在他的心头轰炸。

李老歪心烦了,嗵地扔下手里的菜刀,咣地拉开门,还没出门,就指着院子里的三轮车骂开了。

李老歪骂的是收破烂的张笑。张笑的三轮车上装了个音响,从早上出门,就火辣辣地唱着,直到晚上回来,音响还要唱一会儿。以前呢,李老歪也喜欢听张笑音响里放的歌,有时在街上正好看见了张笑,就喊他在钉鞋摊子边歇歇。张笑呢,有时急,说是有活儿等着呢,很多时候呢,也不急,看李老歪喊他,就把三轮车停到路边,车上的音响呢,也不停。李老歪说换个。张笑知道李老歪喜欢蒲剧眉户剧,就给他调出蒲剧眉户剧。李老歪听着咿咿呀呀的唱腔,手里的活儿也不做了。顾客在一边催他,他也不急,说等等,就听一下。顾客问,不能边修边听?他说不能。他说干啥操啥心。顾客笑他穷讲究,只好耐下性子等他的"一下"结束。一条街上就李老歪一个修鞋摊,常年打交道,早都熟稔了,哪里好意思催促呢,也不过一双旧鞋子。市场上人很多,吵吵嚷嚷的,李老歪却听得认真,也用心,欢天喜地的。

张笑也没有闲下来,给李老歪摊上的顾客发名片,介绍他的业务,说是家里有不要的占地方的淘汰了的,都可以给他打电话,不想打电话了,就给李老歪说一声。张笑说:"我和李老歪住邻居,我们是好邻居。"说着就扭头问李老歪:"我们是好邻居吧?"

张笑和李老歪是老乡,在老家就是邻居,到了城里,又租住在一个院子。白天各忙各的,晚上呢,冬天夜长,夏夜燠热,他们就会聚到一起,抽烟,扯闲话,听蒲剧。张笑有时会买一瓶酒,跟李老歪一起喝。李老歪就知道他又收了个大件。什么大件呢? 张笑没告诉过他,但李老歪知道肯定是有挣头。李老歪喝着酒,心下就暗了一层,想张笑收个破烂把老家的房子都盖了起来,他老家还是两间烂房子。他就想扔了鞋摊,也去收破烂,可想想修鞋补鞋总还是个手艺活儿,收破烂算啥?

李老歪骂张笑,张笑却不恼,笑呵呵地问李老歪:"尾巴叫谁踩着了?"

李老歪不理张笑的玩笑,他说:"把你的狗屁喇叭关了。"

"你不是爱听蒲剧吗?"

然而李老歪一点儿听的心思也没有,他觉得张笑是故意在他面前炫耀。早上出门时,张笑给李老歪说他老婆过两天来。"你明明知道我老婆跟人跑了,还给我说你老婆来不来的话,你老婆来就来嘛,有啥了不起的?"李老歪越想越生气,气恨恨地骂道:"我爱听不爱听关你屁事!"

张笑看李老歪真的生气了,他的火气也倏地蹿到了头顶,说:"你把人家的鞋修坏了人家叫你赔,是你技术不行,关我啥事呢? 你给我尥蹶子。"

下午李老歪确实修坏了顾客一只鞋。李老歪听不得别人说他的手艺不行,那年老婆就是这样说他的。老婆说:"你就有个抱臭鞋的本事还修不好,还能干了啥。"他打了老婆,老婆就跑得没了影。顾客骂我,老婆骂我,你这个好邻居也骂我? 你不就是老婆要来吗? 当是七仙女还是王母娘娘来啊,你显摆! 一霎时,李老歪的脖子鼓胀,脸色紫黑,头顶的那几根头发呢,也气恼恼地发抖。

张笑看见李老歪抓起了锤子。钉鞋的锤子,敲打钢钉铁掌的锤子,一锤

子呼地砸下去,头上嗖地一凉,嚓地一下,脑袋肯定会炸了,血忽突一下冒了出来,顺着额头、脸、脖子……他不敢说笑了,倏地跳进屋子,把门在里面关得死死的。

李老歪追到门边,逼问张笑:"你说哪个技术不行?"

李老歪说:"哪个敢说我修的鞋不好?"

李老歪说:"哪个敢说我的技术不行?"

李老歪的铁锤子砸在张笑的门上,咣咣响,也伤感,也孤独。

深夜,李老歪醒来,辗转难眠,到院子摘下三轮车上的音响,放到自己屋里,音量极小地放着蒲剧。他呢,在灯下修一双布鞋——张笑的鞋子。李老歪想起在城里这么多年来,跟张笑相帮相扶的,手下的活儿就仔细了。他说:"我要叫我的好邻居看看我的手艺到底怎样。"

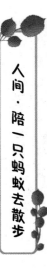

纸　板

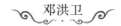

邓洪卫

厂的规模越来越大,最近,拟在一个僻远的乡镇筹建分厂。

几个月下来,工地上堆积了不少大大小小的硬纸板。这些纸板进场的时候,把机器包裹得严严实实漂漂亮亮的,现在已经光荣完成使命,被废弃在沟旁,日晒雨淋,沾满了泥土,无人问津。

筹建的领导很有经验,看着小周说:"这得好几十吨吧,少说也得卖好几万呀。"

小周是个司机,很机灵,见领导盯着他,便说:"行,我负责处理吧。"

领导说:"好,赶快处理,不然就被工人们偷着卖了。"

此后,小周便动了这些硬纸板的心思。

小周打听了,废品市场上,硬纸板一般是五毛钱一斤。一吨就是一千元。这么多的硬纸板,有二三十吨,得两三万块钱吧。领导让他处理,很显然,是让他赚一笔。赚多赚少,就看他的能耐了。

正在琢磨时,来了一辆三轮车,三轮车头上挂着个硬纸板,上书三个歪歪扭扭的大字:收废品。小周一喜,便问骑三轮车的老头儿硬纸板多少钱一斤。

老头儿说:"市场价五毛钱一斤,但得送到人家废品站去,我现场收,只

能三毛钱。"

小周说："那就三毛吧。"

老头儿说："既然来了，我就带一车走吧。"

说着，老头儿就到沟下，一身泥一身土的，搬了一车的纸板。

小周说："得过下秤呀。"

老头儿说："搬上搬下太麻烦，这一车，我给你一百五吧。"

小周不愿意："至少三百。"

老头儿坚持一百五，小周坚决不让。两人就吵起来。最后，在路人的劝说下，二百二十块成交。

小周觉得亏了，老头儿说："我才亏呢，这么辛苦，还有油钱，太不划算了。"

小周想，不如找辆卡车，把纸板运到市区废品站去卖。给卡车几百块钱就行了。

这么想着，果然来了辆卡车，空的。

小周便跟卡车司机商量。卡车司机说："运一趟五百块钱，不能少了。"

小周便答应了。他想请工人帮他搬一下，工人不肯，说工程要赶进度，没时间。小周没办法，只好自己动手，下沟一趟趟搬，搬了几个小时，搬了一卡车，大汗淋漓。

奶奶的，这么多年都没吃过这苦了。

卡车是自动称重，司机说："你没装好，装好了，一车能装到五吨。"

小周说："不管了，就这样吧。"

卡车开到市区的废品站。老板很高兴，说："好，就按五毛钱一斤，卸货吧。"

卸了一半，老板脸就沉下来了，说："不行不行，不能卸了。"

小周说："怎么了？"

老板说："这纸板上都是泥，还很潮湿，我们不要了，运走吧。"

小周说:"运都运来了,卸一半了,我们怎么运走啊?"

磨蹭了半天,老板说:"那就减去五百公斤吧。"

小周虽然不愿意,但也没办法,只得按老板说的来。

卸完货,老板给了他两千三百块钱。他转手给卡车司机五百块,只剩下一千八百块。

第二天,又到工地,看着还剩那么多废纸板,小周想,这么卖不划算,费这么大劲儿,也没卖出好价钱。

他开着车来到镇上,找到一家废品站。废品站的老板很感兴趣,跟着他来了。

老板说:"这些纸板,再不卖就烂了,赶快出手吧。"

小周问:"怎么个卖法?"

老板说:"咱就不过秤了,过秤太麻烦,就估算一下吧,四千块怎样?"

小周直摇头,太少了,少说也得一万块。

老板说:"一万块肯定不行。"

有人说:"折中吧,八千怎样?"

老板说:"八千也不行。"说着,老板径自转身走了。

小周也烦了,他打电话给第一次来拖货的三轮车夫,说:"三毛钱一斤,你都运走吧。那边,三轮车夫说好,明天就到现场去拖货。"

没想到,十分钟后,那个废品站的老板不知在哪儿晃了一圈又回来了。他对小周说:"就按你说的,八千吧,我马上叫卡车来运。"

小周说:"好吧。"他又打电话给三轮车夫说:"你别来了,我这批货已经出手了。"

三轮车夫急了,在那头儿说:"别呀,我给你五毛钱一斤吧。"

小周说:"早干什么了,第一次就要卖给你,你还跟我吵吵,现在人家已经运货了。"

卡车来了,装了货。老板给了小周八千块钱。

　　晚上，小周开车把筹建的领导送到家。领导要下车的时候，小周拿出一个纸包来，递给领导说："这是三次卖纸板的一万多块钱。"领导盯着小周，说："就这么点儿，少说也该两三万吧。"说着，把钱放进包里，上楼了。

　　小周看着领导的背影，狠狠地捶了一下方向盘，我开好自己的车就得了，多揽什么萝卜蒿子呀！

　　揽萝卜蒿子，是我们那里的土语，是指做多余的、吃力不讨好的事。

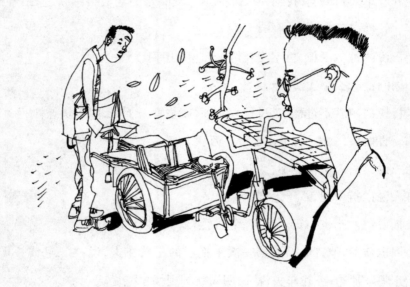

等一个人

王溙

你知道那条著名的高速公路吧,像条大蛇蜿蜒爬过好几个村庄。

其中一个入口就在我们村——拐进一条被杂草占领的小道,绕过一个池塘,穿过被大蛇吞掉一半的玉米地,喏,入口就在那高高的芦苇后面。

你不能怪它们挡道,是这条大蛇入侵了它们的领地,自然要铆足了劲,能遮的遮,能挡的挡。

如果你刚好在这附近找不着路,来找我吧,我天天都骑着摩托车在那路口等你。真的,我的职业就是带路。

你别找别人,我是最专业的,人称"路王"。这方圆几公里内,哪条路走多少米有个坑,哪条路走完会满脚泥,都在我的视力地图里记着呢。你看,我连"带路"二字,都是用墨水端端正正写在木板上的,不像其他人,弄点油漆歪歪扭扭地涂在纸箱皮上。

这生意还不赖,城市是贪吃蛇,这里吞那里并的,很多人都找不到路了。

你问我年纪轻轻怎么甘心做这个?

行行出状元嘛!好吧,我说实话——我在等一个人。

等谁?

还真不好说,总之,是个有钱人吧。

这天,路口来了个"番客",看装扮是东南亚一带的富商,他精明的小眼睛在我们几个身上轧过一轮之后,果断走向我。

有眼光! 我把摩托车踩得轰轰响,以此宣告我的胜利。我很想接他的生意,这小眼睛番客看着就面善,更重要的是,他打量我们的时候,手里还扬着好大一沓钱。

"我想去层金村。"富商说。

我乐了:"太巧了啊,我就是层金村的人咧。你想去层金村哪里?"

他摊开一张纸,碧绿的田野就蹦了出来,一只小羊羔正在田里偷吃穗子。正中央赫然是一座简陋的小瓦房,还有一朵形状独特的云就飘在瓦房上方。

"到这儿。"他说。

我为难了,没有地址只有这幅画,怎么找?

况且,那应该是很久以前的画了吧。那时候,层金村还真是一个村;那时候,我还是个光着腚到处逮蛐蛐的娃;那时候,确确实实还有田野。后来,层金村就只剩个洋葱芯了,也不知道被城市剥去的那一层层,是否真是金。

毕竟我这路王的称号不是吹出来的,愣是从那块田的形状找到了线索。层金村的田大多是长条形的,只有一块是三角形的,小时候我经常躲在角疙瘩里边斗蛐蛐,印象深刻。

可是富商来迟了,现在那里已经没有田了,竖着的是一根大烟囱,没有白白的云,只有黑黑的烟。

反复确认位置没错之后,富商叹了口气:"那曾经是我的家呢。"忽然他做了个决定——把这大烟囱买下来。

工厂的负责人当然不依,没了烟囱怎么生产?

富商生气了,干脆把整个工厂买了下来,反正他有钱。

我心里暗暗高兴,这讨厌的工厂,终于要关门啦。就是它,害得我们这边的池塘都没有鱼呢。小时候我一头扎进湖里,总有鱼惊恐地躲着我;后来

我一头扎进湖里,却惊恐地躲着垃圾;现在我没机会一头扎进湖里了,那个湖早被填了,上面立起了一排排厂房。

有钱就是好办事,烟囱推倒了,小瓦房建起来了,就跟画上的一样。

农田也好办,刨刨土,插上禾苗就绿油油。村里有的是干农活儿的好手,没了田地以后个个都手痒着呢。

富商说:"还得有一只羊。"

村里"小绵羊"摩托不少,真正的羊可就难办了。我挨家挨户找,所幸一个老人家家里还幸存一只。我花了五块钱,让老人把羊抱到田里吃穗子,可羊执拗地不肯吃,也难怪,穗都还没长好。老人家恼了,狠狠拍了羊一下。羊猛地一跳,撞倒了老人。他嗷地叫了一声,羊咩咩咩闹起来,远处传来回音,嗷——咩咩咩——,嗷——咩咩咩——

富商点点头,说:"这田终于活了。"

可是富商还不满意。"天空太灰了。"他说。

我安慰他,总会有变蓝的一天吧?

可是等了一天又一天,天还是不肯换颜色。

他执拗地说:"反正,我就是要找回我的家,跟照片上一模一样的。"

我灵机一动,找人做了好大好大的背景板,涂成蓝色的,竖立在房子后面。

富商说:"还有云呢!"

我又叮嘱画上云,可那朵云的形状很特别,工人怎么画都画不像。我叹道:"那样子的云,怕是再也找不着了。"幸好富商并不计较,他给了我很大很大一笔钱,算是酬劳。

你觉得这个故事很荒谬?

好吧,我承认这是我编的,压根就没什么东南亚的富商。这一切不过是我的虚构,哦,或者说愿望。但有件事是真的,我还在路口干着带路的行当。我在等,那个人迟早会来的。

眼 睛

邓洪卫

　　紧挨着银行分理处的，是一家眼科诊所，叫"中山眼科"。老板姓祁，名中山。

　　为什么叫"中山眼科"？并不是因医生的名字而起，而是因为这个县最南面有一条河，叫中山河。中山河，是两个县的界河。眼科起名为中山，有横跨两县之意。《水浒传》里夸宋江：河北、山东驰名。那么中山眼科，称得起在中山河两岸县镇皆驰名。

　　祁中山本名不叫中山，叫德川，比中山这个名字厚重多了。中山这个名字用在伟人头上，显得很大气，寓意深刻，可用在一个普通人头上，那叫一个土气。

　　是工商局的人逼着祁德川改名为祁中山的。工商局的人也没叫祁德川改自己的名字，而是叫他把眼科的名字改掉。他们认为这个名字太大了。一个眼科怎么能用伟人的名字？除非你名字也叫中山。

　　祁德川舍不得改眼科的名字。这名字用了多少年了，声名显赫，怎么能改呢？

　　祁德川也舍不得改自己的名字。这名字用的年头更长，怎么能改呢？但鱼和熊掌不可兼得，必须舍弃一种。于是，祁德川就改名为祁中山。改是改了,只是户口簿改了,身份证改了。所有熟悉他的人还是叫他祁德川。

"德川,今晚上有空聚聚。"

"德川,你看我的眼睛怎么这么红肿,好像害眼病了。"

祁德川微笑着答应,有时也会开句玩笑话:"以后不要叫我德川,应该叫我中山先生。"

祁德川在这个小镇上开眼科,开了二十多年,名气越来越大。附近市县乡镇的人都来找他看病。祁德川擅长眼科手术,灯光一打,刀光一闪,白内障啥的就解决了。所以,也有人叫他祁小刀。

生意越来越好,祁德川一个人肯定忙不过来。随着他的名气越来越大,社会活动也越来越多,有时不能保证坐在诊所里。祁德川就培养老婆跟他学习。时间一长,老婆也能看普通的眼病。

但老婆偶尔上阵可以,时间长了,就有点儿烦了。另外,她还要买菜做饭带孩子。那时候,孩子刚上小学,聪明可爱,学习成绩很好。

什么事都可耽误,孩子不能耽误呀。

祁德川就想找个帮手。祁德川老家是中山河南那个县的,他的很多亲戚住在那里。过年回乡,祁德川的姐姐说:"大兵子高考落榜,在外面打了两年工,现在在家没啥事,你带带他吧。"

大兵子,就是姐姐的儿子,今年刚满二十岁。

祁德川看大兵子挺机灵的,就把他带回来了。

祁德川精心教大兵子医术。大兵子上手很快,不仅能开药,而且能做简单的手术。祁德川很满意。

闲下来,大兵子时常到银行玩。银行里大多数是跟他年龄相当的年轻人,他们很聊得来。他尤其跟一个叫胡二品的银行员工聊得很投机。

大兵子把每月的工资都存一半,另一半自己花。

他在这儿包吃包住,哪里用花钱呢?

大兵子的舅妈,也就是祁德川的老婆,对大兵子越看越不顺眼了。

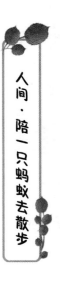

　　她觉得大兵子太懒,除了坐诊外,别的活儿都不干。早上就不能早早起来帮着做个饭吗?院里院外,就不能扫扫拖拖吗?

　　她觉得大兵子坐诊也坐不安稳,老是出去溜门。溜门,就是串门的意思。有时病人来了,门诊上没有人,好一会儿,他才回来。

　　她觉得大兵子太能吃了。有时,祁德川在家,会喝点儿小酒,让大兵子陪着喝两杯。大兵子喝上瘾了,祁德川不在家的时候,他也会拿起酒杯喝两口,说不喝吃不下饭。

　　更让祁德川老婆难以容忍的是,大兵子居然跟女病人勾勾搭搭,跟一个女病人谈起了恋爱。有一回,就在诊所的手术床上,大兵子居然跟人家做小动作,正好被她看到了。

　　她跟祁德川说了许多大兵子的不是。祁德川皱皱眉头,没有说话。

　　她也经常到银行去溜门,也说了许多大兵子的坏话,银行的人也只是笑笑。

　　要过年了。她到银行来,说:"过完年就不让他再来了,太不知好歹。"

　　大兵子也到银行来,说:"明天就回家过年了,舅妈是个好人,给我多加了五百块钱工资。"

"过了初八我就过来,初九晚上,我要请你们喝场酒。"大兵子向银行的人挥手告别。

银行的人也向他告别,说初九见。却都在心里说,过了年,你就不一定来了。

胡二品跟了出去,跟大兵子用力地握了握手。大兵子也盯着胡二品的眼睛,使劲握了握手。

过了年,大兵子没有来。

据说,是老婆让祁德川打电话回去,说现在暂时不忙,让大兵子在家多休息,等通知。

这一个暂时,就是永远。大兵子没有等到来上班的通知。

当初,他把每个月工资的一半,存在一个零存整取的存折上,期限是三年。他打算三年后取出来结婚的。

"我喜欢上一个女子,就是你们这里的,我要娶她。"大兵子对胡二品说。胡二品向他表示祝福。

这个存折只存了一年,就再没存下去,因为大兵子没有来上班。后来,这个存折被提前支取了。来取钱的,是大兵子的母亲。

祁德川的老婆又亲自上阵看病,看了一阵后,浑身又出了毛病,连说吃不消,吃不消。她对祁德川说:"还是找个帮手吧。"

祁德川面无表情,看着远方,半晌才说:"找个你那头儿的亲戚吧。"

断 仇

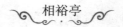

相裕亭

盐河边的村巷里，一个皮包骨的男人，脖子后面的衣领里斜插着一把自家竹片做的小尺子，如同乡村"鸡毛换糖"的货郎似的，同样是挑着一副"货郎担子"，但他叫卖的是：

"卖——布！"

"南洋的洋布，来——喽！"

那喊声缠缠绵绵的，如同婆娘手中缩发的皮筋似的，慢慢地拉长了，猛一松手，又缩回来了。

这个人，就是卖布的张康。

张康口中喊着南洋的洋布。可他的布担子里，大都是手工织出的粗布，很少有南洋产的那种细细滑滑的白洋布。那时间，南洋的白洋布很稀罕。即使有，价格也贵，一般人家买不起。张康之所以这样喊，无非是诱人耳目罢了。

张康这人挺贼呢！他把人招引到他的布担前，谈妥了价格给你量布，看似很仗义的样子，在量好的尺寸上，总要再给你让出那么一点点儿，让你看着高兴。等你到家找出尺子再量，却怎么也量不出他让出的尺寸了，顶上天也就是你要的尺码。

张康做的是小本生意，他卖的布，除了价格比正规布店里稍高一点儿，还会在尺寸上做点儿手脚。否则，他靠什么养活一家老小？

旧时，盐区卖布的分三六九等。一流的布庄，和当铺、洋行一样，掌柜的、伙计埋头于账本和各种布匹的库存量，算盘珠子"噼噼啪啪"一响，就把各色布匹拨弄到四面八方去了；次之，店内店外，一手交钱，一手拿货；再次之，就是张康那样的，从人家大店里倒腾出布匹来，挑在肩上，走街串巷地赚点儿蝇头小利。

可谁又能料到，张康那点儿肩头上的小买卖，偏偏招来贼人惦记。

那年初冬的一天午夜，张康正搂着儿子在西屋的土炕上睡觉。突然间，有人翻墙入院。等张康从梦中醒来，一个蒙面歹徒手持一把红布包裹的"盒子"，正直愣愣地点着他的脑门，呵斥他："别动！敢动我就打死你。"

张康没敢动。但他看到身边的儿子醒了，还是伸手扯了扯被角，盖住儿子的脑袋。张康怕眼前的阵势吓着儿子。

贼人控制住张康后，还很张狂地划亮手中的火柴，他原想让张康看明白他手中有"盒子"，让他老实点儿；再者，就是便于寻找张康的布担子。可张康在贼人划亮火柴的瞬间，似乎看到贼人手中的"盒子"是假的，好像是个笤帚疙瘩裹块红布。即使如此，张康躺在炕上，仍然没敢动弹。那伙贼人有两三个，张康一个人对付不了他们。其间，有人上来抢走了张康放在炕前的布担子，并跑到堂屋去搜罗东西。

张康怕他们伤及堂屋里的女人，实话告诉他们："堂屋里，没有值钱的东西。"

贼人们当然不信，他们窜至堂屋去翻腾半天，可能真没有翻到什么值钱的物件儿，便打一声口哨，撤了。

贼人们撤退时，怕张康盯梢，在他家院子里放了一把火，想让张康无暇追赶他们。张康看到院子熊熊燃起的大火，惊慌之中，下意识地大喊起来：

"起火啦——"

"快来救火呀——"

张康声嘶力竭地喊呼,包含着他刚刚被贼人打劫的惊恐与无奈,所以喊声奇大。

东院的歪六指,第一个跑出来帮助张康家救火。

张康家的房子与歪六指家的房子是连脊的。歪六指帮助张康家救火,其实也是为了他自家的草房不受株连。可不管怎么说,在这关键时候,歪六指能跑过来帮助救火,张康还是很感激的。

事态平息后,张康觉得那伙贼人是帮穷鬼,连个正规的家伙都没有,也敢出来打家劫舍。而女人则对张康说:"抢布的那伙人中,有一个是歪六指。"

张康看着女人,疑惑地愣了半天,问女人:"你是怎么知道的?"

女人没说那伙贼人在堂屋里搜罗东西时,其中一个下作的家伙,撩起她的被窝,还往她腿窝里撩了一把。当时,张康的女人正处在惊恐中,没顾上叫喊。可过后想想,撩她腿窝的那个贼人,拇指上好像有个硬物,她下意识

地收紧两腿时,那人猛一抽手,划了她大腿一下。以致两三天后,她大腿内侧还留有一道血印子。这件事,女人一直没有对张康讲,她怕张康知道后心里硌得慌。

此番,张康问女人怎么知道贼人中有一个是歪六指。女人仍然没有把她大腿被划的事对张康讲,她只说怀疑是歪六指。

张康轻叹一声,说女人:"左邻右舍地住着,没有证据的事,不能瞎讲。"张康安慰女人说:"算了,这件事,就这样过去吧,损失不是太大,十几丈布的事,咱们可以重新再来。"

果然,几天以后,张康又挑起布担游走四乡了。只是每到晚间,他不再把布担挑回家,而是存放在人家布店里。再者,就是张康与女人不再分床睡了。每到晚间,女人总要跟张康团在一起。

数年后,张康的女人患病要死时,她再次跟张康讲,当年抢他们家布匹的贼人中,有一个就是歪六指。

这一回,女人说得很肯定。

张康看女人说得肯定,没再问她原因。但是,张康从女人的眼神中,似乎意识到什么。

接下来,女人叮嘱张康:"算了,这件事,就这样过去吧,咱们的儿女一天天都长大了,若是让孩子们知道了,两家势必要结下冤仇。"

张康当着女人的面,没再说啥。但是,女人的话,就像一粒仇恨的种子,深深地埋进张康的心里。他在女人去世后不久,找了个茬口,还是与歪六指动了刀子……

借 婚

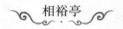

相裕亭

　　盐区西去六里许,水塘稀了,林子密了。在水塘与密林间,散落着密密匝匝的人家。其中有一户粉墙黛瓦的高门大院,户主姓闫,经营盐。

　　闫家两个儿子:老大闫广,乐于经商,精于盐场上的买卖;老二闫文,自小喜爱书画,娶盐区钱员外家的女儿钱蓉为妻。

　　钱蓉嫁到闫家,闫家老爷子发现这个儿媳满腹诗文,且温文尔雅,聪慧过人,是个当家理财的料儿,就在有意无意间教她一些盐商之道。

　　岂料,天有不测风云。这年春上,一场霍乱席卷盐区,先是老盐东撒手西去,紧接着是钱蓉的丈夫闫文及六岁的儿子命归黄泉。撇下以泪洗面的钱蓉,孤身一人,没了依靠。

　　闫广夫妇,看钱蓉年轻,而且是死了丈夫,断了香火,料她守不住,就想早些撺她改嫁,独吞祖上的财产。

　　钱蓉遭到丧夫断子之痛,再去面对哥嫂的冷眼,心中无比凄凉,漫漫长夜里,常常暗自抹泪。

　　这天午后,钱蓉独自一人来到盐河边的赵媒婆家。

　　赵媒婆一看闫家的小寡妇上门,喜出望外,让座、看茶之后,看钱蓉从水袖中掏出两锭银子。赵媒婆想:这个小娘子十之八九是有了意中人,想托媒

妁之言,图个好名声。遂扯着钱蓉那细白的手,说:"大妹子,你年纪轻轻的,是该迈出这一步啦。"

可钱蓉话一出口,让赵媒婆大吃一惊。那小娘子不是自个儿想改嫁,而是想让赵媒婆给她讨一房儿媳妇。

赵媒婆一听,这小娘子满口疯话!她死了丈夫,没有儿子,讨哪门子儿媳妇!可那小娘子说得认真,她把话挑明了,就是要娶一房儿媳妇,而且要年轻、漂亮的。事成之后,还有重谢。

赵媒婆看那小娘子放在桌边的银子,想到闫家高门大院的好日子,心想,这小娘子无非是想给自己找个伴儿,便打趣说:"你若不嫌弃,就把俺家红儿领去,给你做个干女儿。"赵媒婆想让红儿认钱蓉做个干娘,以后,可以嫁个门当户对的上等人家。

钱蓉笑笑,说:"我要的是儿媳妇,不是什么干闺女。"赵媒婆扯着钱蓉的玉腕,说:"什么闺女、儿媳妇,还不是一个理儿,都喊你娘。"

钱蓉轻轻地摇摇头,说:"那可大不一样,闺女喊娘,那是娘家妈,儿媳喊娘,那可就是婆婆哟!"

赵媒婆说:"好好好!那就依了你。"

钱蓉说:"那好,既然你同意红儿给我做儿媳,咱们得立个字据,要不,我今儿领了去,明儿你再要回来,那我不是白忙活一场嘛。"

赵媒婆当作玩笑一样,一一依了钱蓉,请了村里的长辈和两个私塾先生,立了字据,并选了一个黄道吉日,体体面面地把红儿领走了。

那时间,红儿刚好十六岁,正是粉面桃花的好年龄,无须粉黛,就能光彩照人!加上钱蓉精心调教,给她量体裁衣,教她修眉、抹面,很快就出落得鲜荷嫩藕一般。夜晚,钱蓉教她背《女儿经》《百家姓》,手把手地教她读书认字。赶上天气晴好,还领她去盐场转转。

后院,闫广一家不知钱蓉从哪里弄来这么一个花枝招展的女孩子与其昼夜相伴,私下里嘀咕:那钱蓉没个正经的!

人间·陪一只蚂蚁去散步

039

　　可哥嫂那边的大公子闫乐儿，每日去学堂里读书，时常在胳膊上架个鸟笼，出来进去，路过前院婶子家门口，总要往里面多张望两眼。尤其是看到红儿一个人在院子里扑蝶、捉蜻蜓时，那乐儿来来回回，定要多走几趟。

　　说不准是哪一天，那一对少男少女对上了眼儿。等后院里的闫广夫妇发现他们的乐儿午饭不回家吃、晚饭不回家吃，有时，夜晚睡觉还要去前院里喊人时，那红儿早已身怀六甲，真真切切地做了他人之媳。

　　这一来，后院大哥大嫂不干了，找到前院大吵大闹，说钱蓉用心不良，找来这么一个狐狸精，勾引了他家的乐儿。

　　钱蓉先是忍气吞声，后来，见大哥大嫂闹得凶了，她也拉下脸面，领着个大肚子红儿站出来。但她并没有去跟哥嫂大声吵闹，只是说明她娶红儿为儿媳，是明媒正娶，堂堂正正的，本意是想婆媳相依，到头来，红儿却被他们家乐儿给强占了！

　　钱蓉扬言，要与他们到州府大堂上评理去。

　　闫广夫妇一看钱蓉动怒，要惊官动府，心里就打起了小锣鼓。按照大清律，男女私通，要定罪论处；若是强霸民女，还要遭牢狱之灾。那还了得吗？哥嫂三番五次地找人来中间调和。

　　刚开始，钱蓉坚决不答应，就是要与他们到公堂上说个谁是谁非。后来，说情者频频上门，钱蓉这才勉强做出了让步，但条件有二：其一，红儿与乐儿的事，已经生米做成熟饭，那就请哥嫂把乐儿过继给她钱蓉做儿子。其二，祖上留下的家产，首先要一分为二。乐儿过来之后，还要带上哥嫂应得家产的一半。原因是大哥家两个儿，乐儿本该得到父母的一半家产。

　　闫广夫妇那边，明知这一切都是钱蓉设下的圈套，可钱蓉讲得句句都在理上，也只好忍气吞声地认了。

落脚猪

万　芊

初秋。李痒搭村里的便船到陈墩镇上借高考复习资料。李痒是苏城插队青年,到银泾村插队已十年了。

村里的船,靠在镇北塘湾里。湾里停着几条卖小猪的船,买小猪的船围着。小猪被抓时的尖叫,此起彼伏。

李痒取了资料在岸边等。

一位卖小猪的老伯,准备摇船离开时问李痒:"有只落脚猪,半送半卖,要不?"

李痒用眼扫了一下老伯的船舱,见舱里缩着一只小猪,奇丑无比,瘦骨嶙峋。李痒知道,落脚猪就是入不了养猪人挑剔的法眼而被挑剩的猪。

老伯似乎偏要把那小猪给李痒,说:"两块钱,等于送你。"说着抓住小猪的后腿,硬塞在李痒怀里。

李痒从没想过养猪,支吾着。

那小猪,很奇怪,在李痒怀里乖得像猫似的。

李痒心存怜悯,掏了两块钱,抱着小猪上了自己的船。

同船的村民,一个个以挑剔的眼光反复翻看李痒的落脚猪,最终谁也没看出有啥毛病,都说:"才两块钱,养着玩吧。"

大家都清楚,这猪是个倒贴猪食的货。

其实,李痒来银泾村这么多年,自己养活自己也够呛。李痒刚来时,人瘦小,田里的活儿没一样对付得了。村里没法,让他在工场上,做些翻晒的轻活儿。工分自然是队里最低的。

李痒带那猪回村后,不知咋弄。有热心人用旧毛竹和柴草帮他搭了个小猪窝,吩咐他一日三顿得把猪喂饱。李痒自己一日三顿也是有一顿没一顿的,哪顾得上小猪的一日三顿?起初几天,小猪叫唤了,他就弄些吃的给它。过了一段时间,他便把那小猪给忘了。

小猪饿得没法儿就蹿出猪窝,满村乱窜,狗食、猫食、自留地里的蔬菜,见啥啃啥。那猪小,村里人不大留意。时间长了,村里人见了就撵它,逮住就用草绳拴了,丢进李痒的猪窝。

过了十天半月,李痒听见小猪乱叫了,这才想起该喂猪了,才喂一下。

没多时,那小猪又饿得乱窜。

看见李痒的猪,全村人都要笑:尖嘴猴腮不说,浑身的毛乱七八糟,那肚子更是肋骨毕现。

自从李痒养了猪,银泾村就多了一句俏皮话,那就是:李痒养猪——养得像猴。

入了深秋,李痒更顾不上那小猪了,高音喇叭里说的全国高校公开招生考试迫在眉睫。李痒请了假,不分白天黑夜在小屋里看书做功课。有时,小猪突然乱叫了,他干脆解了草绳把小猪赶走。

入冬,李痒参加了初考。

成绩出来,挺不错的。他毕竟是1966届高中毕业生,父亲又是大学里的教授,他比别人基础好。

过了一段时间,李痒参加了复试。成绩出来,考了全县第三名。

又过了一段时间,李痒参加体检。情况不妙,说是脾脏有点儿肿大。县招生办公室通知他一周后复检。李痒请教了一些有经验的人,人家让他泡

糖水喝。李痒没钱买糖,只象征性地喝了一点儿糖水。

一周后,李痒惴惴不安地走进县人民医院指定的体检室。大家私下里已在传说,内科复检的是县里最有名而为人呆板的景副院长。景副院长的体检很仔细。体检完毕,李痒并不知道最终的结果,回村埋头睡了几天几夜。

李痒报考的是一所中医大学。拿到了入学通知书,他才知道,景副院长给他做的复检是合格的。

离开银泾村时,李痒想去谢谢景副院长,但李痒没有一样可以谢人的东西,这让李痒挺纠结。

不知何时,李痒的那只落脚猪又被人送回来了。多时不见,小猪大了一些,只是仍瘦得像猴。李痒想尽量喂胖小猪,每顿喂得饱饱的,还给它洗澡梳理皮毛。那小猪,似乎不再那么丑了。

李痒牵着猪,找到景副院长。

李痒才说了一半,景副院长恼了,说:"你瞎胡闹!"

李痒没法,牵着小猪,蹲守在景副院长下班回家的路上,尾随着到了医院职工宿舍大院。半夜里,李痒抱着喂饱的小猪潜入大院,把那猪拴在了景副院长家的门上。

过了几天,李痒要回苏城了。临走,他又去了一次医院,竟然在医院食堂后院里发现了那小猪。景副院长坐在石阶上,专注地用手里的食物喂着那小猪,一边喂还一边不时地捋着小猪后背的杂毛。那小猪乖得像一只猫,似乎有点儿胖了。

摸砖人

万 芊

管牛十八岁那年，家乡闹水灾，巨大的泥石流冲毁了他们村大片的山坡地。管牛爹跟管牛说："你去江南吧，找你堂哥，他在砖瓦厂吃公饷，日子过得挺舒坦。"于是管牛来到了江南，找到了堂哥管军。

管军知道管牛从小水性就好，说："你去大码头摸砖吧。"管牛说："只要有钱挣就行。"摸砖的都是厂里的临时工，一天一块钱的工钱，归厂总务科管。总务科科长是管军的干爹。管军带上管牛，拎一兜荷叶包的猪头肉，还捎上两瓶高粱酒。喝酒时，管军说了管牛的事，干爹答应了。

砖瓦厂是个大厂，砖码头是个大码头。每天，码头上都有几十条大船在这里装砖。船多砖多，自然有一些闪失，好好的砖在装船时，会掉进水里。一块两块自然不碍事，每天这么多船，这么多砖，积起来就碍事了。那砖边角尖锐，如果把船底割伤了，可不是好玩的。

摸砖，其实是有讲究的。那些年，砖头紧缺，大厂的砖头质量好，价钱便宜。有关系的人，找厂长批上一张条子，就可以请摸砖人摸上一天。工钱是厂总务科先收再发的。摸砖人跟着工人上下班。批到条子的东家，为让摸砖人多摸些好砖，也常买一包大前门香烟、二两半装的小老酒，送给他们。有时水里冷，他们摸一会儿，便会喝口老酒，抽支烟，晒会儿太阳。

摸砖人也有偷懒的，天冷了，不愿下水，用个铁耙子在水边扒些碎砖，应付东家。而管牛却是实在人，他觉得人家花了一天的钱，就得给人家摸一天的砖，即使天再冷，他也照样下水。这样，人家给管牛的烟酒多了，同伴们就不乐意了。可管牛人厚道，反而与他们分享烟酒，日子长了，同伴们都认他，凡事都听他的。

堂哥管军是厂里正式工人，工资蛮高，还有福利，一年四季的工作服、帽子、皮鞋，都是厂里发的。一天四餐大食堂开着，买了饭菜票，打了饭菜可全家享用。厂里大澡堂凭票免费洗澡。大锅炉一天二十四小时供应热水，同样凭票灌热水。大热天，还供酸梅汤。住的是厂里建的工人宿舍，一排排红砖瓦房。管军把剩下来的洗澡票、热水票、酸梅汤票都给了管牛。穿着管军旧工作服的管牛，羡慕着管军的好日子，每天实实在在地给人家摸砖，期盼着自己的日子也能够一天天好起来。

二十几年转眼过去了，管牛每天干着自己的老本行，然而码头上的船越来越少了，批条子请他们摸砖的人家也越来越少了，摸砖人也越来越少了。厂里只是生怕码头被搁浅，还让他们做些日常的水下清理工作，这活儿累人，没人干。管牛不怕累，仍干着。只是，堂哥管军的日子大不如以前了，常在家歇着，工资少了，福利也少了。管军说，他们厂把厂四周所有属于他们的土地都挖没了。现在，只能去别处买土烧砖，可成本太高，厂里已经不堪重负。后来，能够买到的泥土也越来越少了。他们一个大厂，几十年挖下来，除了生活、生产区之外，四周都是一些深得不能再深的池塘。池塘太深，养鱼也难。

突然有一年夏天，一连一个多月的暴雨，让砖瓦厂到处受淹。厂区、生活区、池塘，内外受困。筑了高堤，还挡不住。市里、县里派了好多人员、机械来增援，最终还是没顶住，里里外外好几处高堤溃了。几十年挖出来的大窟窿，一下子成了一片汪洋，与外湖外河连在一起。生活区，成了一个小小的孤岛。几条埂基被水浸泡了多日也一下子化为乌有，已无法再重新支撑

起那片土地。唯一保住的是厂生活区与外界相连的一条小埝基。

大水退了,原先的砖瓦厂已不复存在。厂里所有的人都下岗了,管军自然也在其中。能走的全走了,管军没处去,除了烧砖,他啥都不会,只能一天天耗着,下岗那点儿钱少得实在可怜。

管牛还摸砖,摸了砖,没人再给他钱。管牛这辈子除了摸砖,啥都不会。不摸砖,管牛将无所事事。

摸着摸着,管牛突然摸出了门道。那砖瓦厂原先通大湖的水道,有二十来里。沿河,原本是几十家砖瓦厂,有国有的,有大集体的,有私人承包的,更有好多是明清时期的老砖窑。几十年几百年的挖掘,最终都是因为没有泥土而倒闭了。谁料想,那二十多里长的长窑河里,全是长年累月掉下去的各式砖瓦,把河道都堵塞了。管牛把那些砖瓦挖出来,洗净了,码在一起,竟然有建筑装修的老板赶来收购。尤其是一些古砖瓦,人家是论块论片买的,说是古宅修复用的,难觅。

管牛一个人忙不过来,把原先的伙伴能请的都请回来,买了几条旧船,生意不错,赚了不少钱。更没料到,镇水利站头头儿也来找管牛,说长窑河的疏浚项目让他做,还给钱。这样,管牛又添了一些旧的疏浚设备。人手不够了,管牛想到了堂哥管军。想当年,自己没路可走时堂哥帮了自己。管牛让管军看砖场,工资是别人的两倍。

没想到,长窑河是条宝河。水利上给的疏浚费,是一笔钱;卖疏浚土,是一笔钱;卖旧砖瓦,又是一笔钱。尤其是摸到的那些有年份定制的老城砖,被人家收购了,给的钱更不少。

管牛赚了钱,自然不忘帮自己的人。那天,管牛把堂哥管军请到自己新装修的别墅去喝酒。管军愣傻了,没想到管牛这么有钱。他一人喝了一瓶五粮液,独自醉了。

老 五

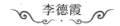

李德霞

　　老五帮三孬收完麦子，在回家的路上，一不小心从三孬拉麦子的车斗子上掉了下来。当下，老五疼得龇牙咧嘴，两条腿也动弹不了了。

　　三孬赶忙把老五送进了医院，经检查，老五的胯骨骨折，亟须手术治疗。

　　很快，医院就制订了两个手术方案。一个是断骨复位，就是用钢板钢钉把老五断裂的骨头复位固定。这个手术的费用低，也就两万多块钱。另一个方案是骨头置换，也就是把老五断裂的骨头取出来，换一块人造骨头。而这个手术的费用高，需要四万多块钱。

　　了解了人造骨头的诸多好处后，老五的一双儿女都举双手赞成给老五换块骨头。

　　儿子说："咱爹都六十多岁了，骨质早疏松了，换块骨头好啊。"

　　女儿也说："对呀，现在的医学这么发达，换块人造骨头肯定好用耐用。"

　　可躺在病床上的老五把头摇成拨浪鼓。老五说："我的骨头复位以后还能用，换什么换？骨头还是自己的好。我前年安颗假牙，到现在吃东西还吃不出个滋味来。"

　　儿子说："爹，你是怕花钱吧？没事，三孬有的是钱，别说四万，十万八万人家都拿得出。"

"钱再多也是人家的。"老五说,"我摔成这样,也不能全赖人家……"

"那……人造骨头不换啦?"

老五斩钉截铁地说:"不换!"

儿子撇撇嘴,退到一边。

老五还对医生们说:"你们听着,没有我的同意,谁也甭想给我换骨头。谁给我换了骨头,我下了手术台跟他玩命……"

老五的手术很顺利,也很成功。在医院住了一段时间后,老五就回了家。

闲着无聊的老五就摇着轮椅,在院子里溜达,从南墙根儿溜达到北墙根儿,再从北墙根儿溜达到东墙根儿。

几天后,老五不满足了,他想走出院门,到村街上溜达溜达。

这天,老五摇着轮椅来到当村的老槐树下。那里,早聚了一帮闲聊的人。

有人说:"老五,这么快就出院啦?"

老五说:"出院都好几天了。"

又有人说:"现在的医学就是发达。当年,我爷爷上山砍柴摔断了腿,硬是在炕上躺了大半年,最后还落个瘸腿的毛病。"

老五笑眯眯地说:"没法比,没法比啊。"

还有人说:"老五,人造骨头咋样?还好使不?"

"啥人造骨头?"老五一愣,"我没换人造骨头啊!"

"没换?"那人说,"没换三孬能花四万多?"

老五感觉味儿不对,黑了脸,调转轮椅回了家。进门时,轮椅把门板撞得"咚咚"响。

老伴儿一看,慌了:"哪个惹你生气了?"

老五也不搭话,操起手机拨通儿子的电话。儿子说:"爹,有事?"

老五声震如雷:"你告诉我,是不是给老子换了骨头?"

"谁说的？哪有这回事？再说,你不点头,谁敢换啊?"

"那四万块……是咋回事?"

儿子想了一下,说:"手术是花了两万块,可不是还有误工费、营养费、精神损失费吗? 这费那费的加一块儿,四万还少要了呢。"

"你……浑蛋!"老五"啪"地扣了电话。

老伴儿看着脸色铁青、双手颤抖的老五,赶忙安慰说:"他爹,钱已经拿了,你说咋办就咋办,可别气出个好歹来。"

老五一掌拍在轮椅上:"拿钱来!"

老伴儿没挪窝。

老五喊:"你傻啦?"

老伴儿反应过来,忙从柜子里取出两万块,交给老五。

老五接了钱,往怀里一揣,摇着轮椅,骨碌骨碌地出了门……

送年糕

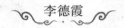

李德霞

今天是腊月二十八，也是娘做年糕的日子。

这天，我是不会出门玩的，尽管二唤趴我家院墙上喊我几次了，可我就是不挪窝。我爱吃现炸出锅的年糕，黄灿灿地淌着油，皮子脆脆的，咬一口，"咔嚓咔嚓"响，那个香啊……我不出门的另一个原因是我得看着娘，防止她给干姥姥送年糕。

干姥姥是个要饭的，六十来岁，弓腰缩背，常年在我们这一带乞讨。她带着一只豁了边儿的破碗、一根磨得乌黑油亮的打狗棍，晃晃悠悠来，晃晃悠悠去。今年冬天雪大，天气又冷，干姥姥干脆就住在我们村后面的破庙里。娘啥时认她做的干娘，我不知道。但我知道，娘时常偷偷摸摸地给干姥姥送吃的，一块玉米饼、一罐小米粥都送。

昨天晚上，娘从下房里端回了一盆糕面，我就知道，娘又该做年糕了。我悄悄对爹说："爹你信不信，明天，我娘一准会给干姥姥送年糕。"爹不吭声，只管一口接一口地抽旱烟。我又说："凭啥给她送？又不是我亲姥姥。"爹嘿嘿一笑，拿烟袋锅轻轻敲了一下我的头。

爹是村里的支书，忙，一大早就踩着积雪出门了。我记得，爹临出门时，意味深长地冲我笑了一下。我当然知道，爹这一笑是啥意思。

　　第一锅年糕炸出来,我便迫不及待地往碗里装了一块,然后狼吞虎咽地吃起来,惹得娘笑弯了腰:"没人跟你抢,别烫着……我家儿子属猪的……"

　　三块年糕下肚,我就打起了响亮的饱嗝儿。这时,炸完年糕的娘对我说:"年糕也吃了,还不出去找二唤玩?"

　　娘的心思我知道,我抹抹嘴巴说:"才不呢。我爹说了,让我看着你,不让你给干姥姥送年糕……"

　　娘说:"你爹真这么说的?"

　　我说:"就这么说的。"

　　娘扑哧一笑:"我咋没听到?"

　　我脖子一梗:"那是你耳背。"

　　娘懒得理我,装了七八块年糕,拿笼布包了,往竹篮里一塞,提着要出门。我抢先一步堵在门口,两手把着门框说:"不准你给干姥姥送年糕!"

　　"大人的事,要你小屁孩儿管?一边去!"

　　我想,我是拦不住娘了。我眨巴眨巴眼说:"那你……给我五分钱,买

糖吃。"

娘破天荒地没难为我,爽快地给了我五分钱。我攥着钱要走,看见娘跟在我后头,便大人似的说:"走大路就不怕被爹撞见?真是个傻娘!"

娘咯咯一笑,转身从后门的小路走了。

等我买糖回来,娘送完年糕也回来了。看娘一脸失落的样子,我就知道,娘没把年糕送出去。

我剥块糖丢嘴里,吸溜着说:"干姥姥……不在庙里?"

娘不理我,绷着个脸,挎着竹篮进了院。娘正要开门,爹闪身从屋里出来,门神似的堵在门口。

爹看着娘,笑一下,再笑一下,笑得娘慌了手脚。娘说:"老四你笑啥?我不就给干娘送了几块年糕吗?"

"你呢?"爹问我,吓得我哧溜把一颗糖囫囵吞进了肚子里。

"年糕送出去啦?"爹盯着娘,仍在笑。

娘突然变了脸:"明知没送出去,你还问?老四,我问你,干娘是你撵走的吧?她住破庙里,碍你啥事了?"

爹说:"我是支书,村里的事儿就归我管,大事、小事,我都管。"

娘呸口唾沫:"不就是个破支书吗?管得也太宽了……大过年的,你到底把她撵哪儿啦?"

爹还在笑,转身一把推开了屋门。

娘抻脖子一看,张开的嘴像洞开的门,眼泪紧跟着就淌下来。

——屋里,暖烘烘的炕头上,坐着笑眯眯的干姥姥……

继父凶

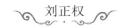
刘正权

接到娘的电话时,首次出演女一号的丁小婉已经换了装,正等导演喊开机。

现场,几十家媒体长枪短炮地守候着。

有电影界权威人士预言,明年的中国电影,将成为"丁小婉年"。

丁小婉以为,娘是预祝自己一炮走红呢。

孰料,娘一开口,就堵了丁小婉的心。

娘说:"他病了!"

"他"是娘和丁小婉之间的一个默契,是对继父的称谓。这是丁小婉在薄情寡义的继父屋檐下生存多年练就的一种自愈方式,把同在一个锅里吃饭的人第三人称化以后,这个人的距离就跟自己远了。

"病就病,人吃五谷杂粮哪能不得病!"丁小婉漫不经心地把头往化妆镜里探过去,镜子里的丁小婉无动于衷。这就对了,继父那种人,不配享受丁小婉的任何表情。

娘又说:"白血病,他不让告诉你!"

丁小婉冷笑:"还蛮有自知之明嘛!"

往事一幕幕就涌上了心。

随着娘走进继父家时，丁小婉已经十二岁了，见过她的人无不夸她是美人胚子。丁小婉都在脑海中彩排了一遍又一遍——继父为了娘那么多年单身不娶，爱屋及乌，不得把她当公主一样宠着？继父可是拥有一个号称帝国的企业的。

事与愿违，继父根本没多看她一眼，连娘想要的婚宴都没有给，就那么住在了一起，没人知道继父大婚。

自然，没人知道丁小婉有这么个继父。

娘说："让小婉跟你姓吧！"

继父凶巴巴地看一眼丁小婉："她骨子里流着我的血？"

骨子里没流着继父血液的丁小婉流着泪，瞪一眼继父，再瞪一眼娘，住进了继父为她找的寄读学校。那是一所普通的初中，连重点初中继父都没让她读，继父说得振振有词："她那个成绩，进重点中学会把那点儿可怜的自信给消磨殆尽。"

什么叫可怜的自信！丁小婉不服气。

初中三年，高中三年，她报了舞蹈班，努力学习，文化成绩她确实差那么一点儿，但专业成绩可以补上。最终，她考取了国内一所知名的电影学院，学电影表演。

出名倒在其次，丁小婉是因为老祖宗"戏子无情"那句话，想让自己历练得比继父更无情，到时一报还一报。

丁小婉觉得自己的心理不是那么阳光，尽管丁小婉每次出演的角色，都是特别阳光的女孩。"缺啥补啥。"她私下里自嘲。

接这个女一号之前，丁小婉曾被他狠狠地嘲弄过。当时有个老板看中她的潜质，要认她做干女儿，给她投资拍新片。丁小婉跟娘提到这事，他晓得了，当着她的面凶起来："你没亲爹还是没继父？认干爹，亏你说得出口！"

干爹没认，投资自然没戏。

好在，有慧眼识千里马的伯乐，看中她，力邀她出演女一号。

电影中的女一号，肯定不如生活中出演女一号刺激。

大不了推迟开机时间，媒体爱怎么说怎么说，导演爱怎么发飙就怎么发飙，没准儿还成就一次意外的炒作，丁小婉只想快意恩仇一把。

没承想，睚眦之仇没能报上，倒偿还了一饭之恩。

病房里，他正在凶娘："谁让你给她打电话的？"

娘不说话，只抹泪。

"她电影开机你不知道啊？今天！"

娘嘴巴嚅动着，依然没话。

"你这是让我功亏一篑！懂吗？"

功亏一篑？丁小婉正要进去的脚步缩了回来。

"演艺圈多难多乱你不知道？"他没力气凶娘了，"我不对小婉好，不让外人知道她有我这个有钱的继父，不让小婉认干爹，就是怕毁了她的清白名声，你倒好……"

导演是在喊开机时，接到丁小婉短信的，六个字：抱歉，您换角吧！

半个月后，省肿瘤医院血液科病房里，主治医师对一个患者说："恭喜你，跟你骨髓造血干细胞匹配的对象找着了，你签个字，准备手术！"

患者怔了一下："找着了，我可以见见那个骨髓捐献者吗？"

一边的女孩凶巴巴吼道："叫你签字就签字，哪来那么多废话！"

有眼尖的护士认出来，这个女孩不是电影《重症监护室》里那个叫丁小婉的女主角吗？开机前玩失踪，被炒得沸沸扬扬的。

手术时，继父到底见着了那个骨髓捐献者，是丁小婉。

"异基因配型相合的概率在三万分之一到一百万分之一之间呢！"继父叹了口气，"一个演员走红的概率同样在三万分之一到一百万分之一之间吧？"

丁小婉板着脸："你凶了我十几年，我凶你一回，这个概率你觉得应该怎么算？"

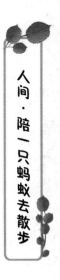

后娘狠

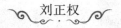
刘正权

北风冷，后娘狠。

孙晓霞第一次看见后娘时，难得没刮北风，那可是冬天啊。

孙晓霞的娘死在冬天。

小城人没那么多讲究，不等亡人满孝就能再娶，不娶怎么能行？孙晓霞才三岁，需要人照顾——饮食上的照顾，生活上的照顾。

孙晓霞的爹不想让闺女长成一棵地里黄的小白菜，于是顶着满脑袋骂名，迅速跟粗粗壮壮的陈大惠搭伙过起了日子。

陈大惠进门后第一眼落在孙晓霞身上，她捏住孙晓霞的尖下巴，狠狠赞叹："这下巴，生我脸上就好了。"

孙晓霞的爹说："生你脸上，你还能落我手上？"

这是大实话，陈大惠嗓门儿好，是乡村跑场子唱歌的。因为太粗壮，没惹多少男人动心，气不过，嫁了个"二婚"，好歹是进了城，身边睡了个公家人。

那年月，公家人吃香的日子已经快到了尽头。

孙晓霞的爹趁着还能使点儿小手段，觍着脸把陈大惠塞进了一家幼儿园——孙晓霞读书的幼儿园。陈大惠变相成了孙晓霞的全职保姆，美其名曰上班,孙晓霞白天晚上不离其左右。

陈大惠到底没算计赢公家人,她身边睡得最多的,不是孙晓霞的爹,是孙晓霞。

孙晓霞的爹出门频繁,主要是下乡——下乡不频繁,两人也没机会成夫妻。

孙晓霞十三岁以前,身体不好,动辄就发烧感冒,不是这儿疼就是那儿痒,弄得陈大惠一惊一乍的,也就没敢怀上孩子。她想的是,等孙晓霞大了,再怀一个也不迟,来日方长。

来日方长是最不靠谱的许诺。跟"执子之手,与子偕老"这种许诺一样不靠谱。

孙晓霞爹的二婚岁月,才十年就走到尽头——肺癌晚期,先是痰里带着血丝,跟着小口小口咯血,他还没在意,跟眼泪汪汪的陈大惠开玩笑:"咯点儿血算啥,男子汉大丈夫,流血不流泪,比不得你们女人,身上那点儿血金贵得很,每个月都有固定的去处。"

陈大惠那个月刚好没见红。

孙晓霞的爹都自顾不暇了,自然不曾留心这个。

岂不知男人身上的血也金贵,孙晓霞的爹咯血没几天,居然干了,没血咯出来。他还暗自庆幸,以为就痊愈了。没人告诉他是肺癌,那太残忍。

遇上庆幸的事肯定要喝上一大杯以示庆祝。陈大惠出去跟医生谈病情了,孙晓霞的爹一杯酒下去没十分钟,体内就涌动起来,一股股血腥气在体内乱窜,最后终于越过喉头那瓶颈状的关卡,啤酒沫样喷薄而出。

孙晓霞爹的后事,是陈大惠操办的。

很多人在孙晓霞耳朵边递话:"你长点儿心眼呢,别让后娘把房子卖了,卷走钱财。"

孙晓霞就悄悄藏了户口本、房产证。

操办完孙晓霞爹的后事,陈大惠说:"晓霞啊,娘得出门几天,这几天,你

自己到楼下小吃店买饭吃。"

后娘没卷走钱，反过来，递给孙晓霞一沓钱，说："要学会记账。"

孙晓霞真的学会记账了，记后娘走了几天的账，后娘肯定是去给自己找下家了。

那几天，孙晓霞一边在小吃店买饭吃，一边跟认识不认识的人控诉后娘。

后娘是在第七天回来的，脸色寡白，走路打飘儿。

肯定是没人要，受打击了，孙晓霞恶毒地想，不能生养也就罢了，还落个克夫的恶名，哪个下家敢接手？

后娘回家后，把地板拖了一遍，把孙晓霞的衣服翻找出来，洗净，叠好，换季的衣服都分季节放好，还做了一大桌好吃的给孙晓霞吃。

孙晓霞吃得多，夜里起来解手，看见后娘房里灯亮着。凑近一看，后娘手里捧着一团带血的内裤在嘤嘤地哭。

哭声很瘆人，孙晓霞脊梁发冷，尿意全给憋了回去。

后娘不会打算拿那条带血的内裤捂死自己吧？孙晓霞这么胡思乱想着进入了梦乡。

第二次接触"后娘"这个字眼，是孙晓霞自己也当了后娘。

孙晓霞是义工，在照料一个刚生孩子不久的癌症妈妈时，那个对癌症妻子不离不弃的男人，让孙晓霞心生出爱恋。

走进男人家庭时，孩子已经大半岁了，已能发出"妈"的牙牙学语声。

蜜月，是跟孩子同床度过的。

孙晓霞怀孕三个月时，三岁大的孩子依然跟她睡同床。一天晚上，孩子被梦魇了，一惊一乍的，小脚狠狠地踢上了孙晓霞的肚子。

孙晓霞捂着肚子刚爬起来，下体就一热，有血从内裤那儿渗出来。

内裤上的血，让孙晓霞陡然想起后娘嘤嘤的哭声。

狠了狠心，她给正在外地学习的丈夫拨了电话，说："你跟单位请一周假吧，我要出门七天。"

瞿家馒头

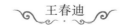

王春迪

来老街,得尝尝瞿家馒头。

馒头?馒头有啥好吃的?

是啊,馒头有啥好吃的?可瞿家馒头,你得吃!

瞿家馒头,选的是沂蒙的麦粉,用的是特制的酵母。出锅不缩,个个细白如雪,皮似蛋白,松软弹牙,香甜筋道。不需要任何菜肴作料,细嚼慢咽,那新鲜的麦香味便在你的齿间弥漫开来。此时,若能蘸上本地的牛肉酱,红白相润,咬一口,那鲜麦、牛肉、辣油的美味便融在一起,甜辣鲜香,回味无穷。瞿家还擅长做花馍、发糕,有三色的、螺纹的,配以蜜枣、山楂、桂圆,做出十二生肖的形状,活灵活现,惟妙惟肖,逢年过节,结婚过寿,买回家,好吃好看,好耍好玩。

别小瞧这小小的馒头,早先,你想吃,还吃不着哩!

起初,瞿家馒头的作坊很小,不过三步宽,像是在墙里掏了一个猫洞,缩在老街一个深巷里头,挤得喘不过气来。每天,顺着那个"猫洞",就见瞿老大带着他的儿子,揉搓摔打,掐拉抓捏,一声不吭,挥汗如雨,打晌午忙到昏黑,却只出两锅馒头点心。然后下笼装车,一路小跑,往街心而去。你抻着脑袋、噙着口水看人家忙活了大半天,想买点儿回去解解馋,出锅时才发现,

人家这馒头是专供给老街首富海爷的！你把钱捧到人家眼皮底下，口水滴答到胸口，人家就一句话，不卖！

嘿，啥香饽饽，不过是面整的玩意儿，金贵个啥？牛气个啥？

老街人嘴上这么横，心里却没这么想。这不，前儿个，瞿老大照例让他儿子把馒头趁热送到海爷府上，因为走得急，迎面刚蹭到了一辆马车，小推车一歪，一团白气升腾而出，随之麦香四溢。刚放下碗筷的人，乍闻一下，都觉得肚子霎时见了底儿，空得心慌！就见白嫩如雪的馒头，小白兔似的，一蹦一跳地弹到路边，大伙儿定睛一瞧，这不是瞿家馒头吗？随后，也不管上面沾着炭灰、尘土，如同抢命一般，七手八脚，风卷残云，一扫而光！细看，人群里头，竟还有一些穿长衫戴皮帽的体面人……

于是，就有好事的人劝瞿老大："你死脑筋！看着眼皮底下的钱不赚，只会往一棵大树上撞！"

瞿老大听罢，微微一笑，没搭腔。

不想，几天后，瞿老大竟然病倒了。

据瞿老大的儿子说，是因为他去送馒头的时候，看到海爷府里的人，正大把大把地掰着他家的馒头喂狗。儿子回来告诉了瞿老大，瞿老大的心堵了一夜，第二天就迷糊了。

瞿老大的儿子说，他爹一直在嘀咕，多好的馒头，人都不舍得吃，他们竟然拿它喂狗……

歪躺了几天，瞿老大终究还是下了床，馒头作坊又恢复了往日的生气。可这一回，瞿老大更倔了。自家的馒头，无论是谁，给钱就卖，就是不再送到海爷府上！

话往老街这么一撂，立马成了晴天炸雷！一时间，大伙儿奔走相告，挤在瞿家馒头作坊前排队的街坊，前胸贴后背，后脚贴前脚，也不问价，能买到就算你有能耐！老街人喜欢尝鲜，更何况，这曾是特供给海爷家的馒头！出门的路人，见排队的人多，心里好奇，也纷纷赶来凑热闹，好不容易买了俩，

打算揣回家，冷不丁尝了一口，胃口大开，三两口吃完，随即大腿一拍，后悔没多买几个，转脸唉声叹气地再来排队。当然，谁也不敢买太多，不然后面排队的街坊，必定嚷嚷起来，嫌你吃东西不顾人，碰到个暴脾气，一拳在你脑袋上砸出个包子来！街上，以前手揣袖筒等活儿的爷儿们，也找到了新差事，一上午啥也不干，单是替那些没耐性的人排队，坐地起价，也能挣几个馒头填饱肚子。因为巷子太窄，大伙儿只能贴着墙根排队，这才几天？那砖墙都被蹭得亮闪闪的……

话再往前说几天。几天前，海爷吃饭时，突然咂了咂嘴，问："管家，家里蒸馒头的是不是换了？"

管家上前一步，遮了一下嘴巴，道："回东家，人倒没换，只是前些日子，街上有个做馒头的来找我，说白送一个月的馒头给府上吃，我看着还不错，就换了口味儿。"

海爷一怔，还有这等好事儿？白吃人家馒头，不给钱？

管家说："我也问他，这是啥意思。起初他不说，后来看我不乐意了，便偷偷告诉我，说自个儿作坊偏，又是外地人，有些手艺，想在这儿混碗饭吃，可寻思来寻思去，还得利用咱府上这块招牌，折腾点儿人气，给自个儿造造势。"

海爷一笑，点头道："这也是个能人，哪天叫来，认识认识。"

一年后，瞿家的作坊从偏巷里走了出来，就在老街街心，离海爷府门不远的地方，明光锃亮地开起了新铺子。铺子头顶，悬着一块一人长的横匾，通体黑色，乌木大漆，阴刻烫金，赫然写着"瞿家馒头"。瞿老大也不伸手了，一身长衫，雇了几个伙计，指指点点的，当起了掌柜。

街坊们都说，人家瞿老大是憋着气，开给海爷看的。当初，你把人家的馒头喂了狗，如今，人家把馒头卖到你家门口！

可他们哪里知道，之前那些事儿，都是瞿老大自个儿编排的。就这铺面儿，还是后来海爷帮瞿老大选的。私下里，瞿老大没少去海爷那儿烧香拜佛！

陪一只蚂蚁去散步

宁·柏

其实也没什么不好理解的,有人和狗去散步,有人和猫去散步,就会有人和蚂蚁去散步。

友谊大道上异常的眼光很快变少,或者根本就没有。

人们忙着赶回温暖的家,忙着去约会,没有谁有空去注意黄昏里散步的那个小男人,更别说他手里那条细细的线和那只几乎可以忽略不计的蚂蚁。

在他眼里,他的蚂蚁却不可忽略。他给蚂蚁缝制了一件粉红色的连衣裙,套在蚂蚁粉嫩的身上,它漂亮得像个小公主。

他和漂亮的公主很快乐地走在林荫道上。散落地上的小花、落叶甚至一小截枯枝,都能引起蚂蚁的关注。它总是很欢快地跑近它们,用尖细的触角去感觉,去触摸,心情大好的时候,它还将它们抱在怀里,在地上很惬意地打几个滚儿。这时,他会停下脚步,笑眯眯地望着,偶尔还呵呵地笑。

蚂蚁实在是太渺小了。每天散步一两个小时,才前进不到五十米。几公里长的友谊大道,按这样的速度,得走上好几十年吧。

可他从不嫌弃。他总是很有耐心地陪着他心爱的蚂蚁,慢慢地走,慢慢地感受,偶尔还跟它说说话。

为了让它每天都拥有一份新的好心情,他每天都把它捧在手心里,走到前一天散步结束的地方，蹲下来，将它轻轻放下，以免摔伤它的细胳膊嫩腿。

他把它当作他的一切，并不意味着所有人都把它当作自己的一切。终于有一双匆匆忙忙的皮鞋，一下子将它踩扁了。

他愣了一会儿，马上箭步追上去，揪住那个匆忙的衣领，对准那个没长眼的脑瓜就是一拳，又一拳，再一拳。

一张被打糊涂的脸转过来。

"你有病啊?"

"你才有病!"

"咱俩又不认识，你凭什么打我?"

"问你自己!"那人捂着疼痛的脑瓜，前后左右、上上下下地打量自己一番，见没什么不妥，又骂他神经病。他气愤地又给人家一拳。

对方当然不吃哑巴亏。身材粗壮的对方，三两下就把他打倒在地，那双曾经踩扁他蚂蚁的皮鞋，有力地踩着他的双手。他鼻青脸肿，动弹不得。

蚂蚁般的人们围了过来。

警察也很快赶到。

"他踩了我的蚂蚁!"他领着警察和对方，还有围观的人群，找到了那只蚂蚁。

警察看了他一眼，嘴角掩不住一丝笑意。

"不就一只蚂蚁嘛，犯得着打我几拳吗? 大不了帮你找一只。"在警察面前，对方很夸张地捂着脑袋呻吟。

他失魂地喊道:"它不是一只普通的蚂蚁，它是我最心爱的蚂蚁。"

"那你说怎么办?"对方问。

警察也用眼光询问他。

他没说话，在蚂蚁的旁边蹲下来，捂着脸呜呜地哭。

"我赔你一百块钱，这总可以了吧?"

听见扯动钱包拉链和翻动钞票的声音。他大声喊:"我不要你的钱! 走

开,都走开! 别烦我! 我好烦!"

警察安慰他几句,开车走了。对方捂着脑袋,莫名其妙地看他几眼,嘟囔着也走了。

没有了那只蚂蚁,友谊大道上再也见不到那个衣着整洁、和一只蚂蚁亦步亦趋、偶尔还笑一下的忧郁男人。

好事的细心人将这个发现发到了网络上。跟帖先是零零星星,后来纷至沓来——

"元芳,你怎么看?"

"又一个脑残的!"

"他咋不牵一头驴去散步呢?"

"什么口味?"

"你们不知情就不要乱喷。估计他在对前妻忏悔呢。"

搬板凳围观,估计有故事。

"我是五楼那位。这男的是富二代,去年才结的婚,今年又跟一个漂亮女人勾搭上了。小夫妻三天两头地吵,前段时间还见他媳妇挺着个大肚子一个人在友谊大道上散步,后来离婚走了。"

"我也爆料。这男的老爸是富甲一方的私企老板,他被老爸指使,应聘到竞争对手的公司工作。对手当然知情,但没有解聘他,而是不断地折磨他,辱骂他。进退两难的年轻人肯定受不了这气,回到自己的小家,就把气撒在媳妇身上,甚至说出'你有资格跟我吵? 在我眼里,你就像一只小蚂蚁'那样的话。"

豪门难进啊。可女人们还是趋之若鹜。

"错! 今年那个女人是他老爸的竞争对手聘请来的,很漂亮,据说本来想搞他老爸的"艳照门",没想到他老爸素食,才转而攻向他,导致他们夫妻不和,最后离婚……"

人类世界好复杂。

孩子,中央台的《动物世界》你白看了,物竞天择,适者生存,知道吗?
…………

深夜,金碧辉煌的别墅区里,一台电脑啪地关掉,随之传出一声责叹:没出息!

李春生的恋爱史

郭震海

如同等雨是伞的宿命，人的一生中总会有一个人，让你变得无所畏惧，甘愿为他付出一切。

李春生，一位医学博士，美国深造五年归来后，放弃了北京、上海等一线城市的高薪聘请，回到一个巴掌大的小县城，开了一家眼科诊所。一个人默默坚守着，拒绝了多名优秀单身女孩抛来的"橄榄枝"，为的是一句承诺、一个人。

李春生从美国回到小县城时，漫山遍野的桃花开得正盛。他背着简单的行囊，迈着匆匆的脚步，来到一棵歪脖子老槐树下，一待就是几个时辰，直到夜幕低垂。

有过爱情的人，心中都会有一块属于自己的"圣地"，出现在你的回忆或者梦里。李春生心中的"圣地"就是那棵歪脖子老榆树，那里遗留着他的约定、他的初吻。在那里，他吻过一个女孩——陆小梅。

我没有见过陆小梅，从李春生的讲述中，可以感受到陆小梅是个单纯的女孩，就如一汪静水，清澈见底。她的母亲双目失明；她的父亲两耳失聪，在小县城一家木器厂做苦力。陆小梅中学毕业后就辍学了，父亲去做工后，她就是母亲的"眼睛"，在家里照顾着母亲。母亲有时候会问她："梅儿啊，蓝天是哪种蓝呢?"陆小梅想半天后告诉母亲,蓝天的蓝就像梦里的颜色。母亲又问:"梦里是啥颜色呢?"陆小梅回答不出来,就嘿嘿笑笑说,就像娘的爱。

春生说,如果爱是一种病,小梅就是他的药,注定一生难弃。春生高二那年,约小梅到城边的那棵歪脖子树下,鼓起勇气告诉她,自己喜欢她。陆小梅瞪着一双泪眼,吃惊得半天说不出话。

春生急了说:"俺是真心的,俺会对你好。"

"俺不配你……"陆小梅说着竟然呜呜地哭了起来。春生不知道哪来的勇气,竟然将哭泣的陆小梅一把揽在了怀里,那是他第一次拥抱她,陆小梅哭着喊着,捶打他。春生没有松手,说:"你打吧,你打吧!"

直到陆小梅打累了,哭累了,才坐在地上。沉默了半天后,她突然想起什么似的抬头问春生:"俺打你的时候,你咋不还手呢?"

春生说:"俺愿意让你打,只要你开心。"

春生说,那时候的爱是世界上最纯真的爱,每一次他和陆小梅在一起,都感觉满地都是阳光,金晃晃地耀眼。

后来,陆小梅的父亲不慎摔伤,医治无效而亡。陆小梅伤心地哭了好几天,双眼开始发干,视力一天天下降,直到有一天她看不见蓝天,看不见春生。

医生说陆小梅的眼睛是遗传,就像她的母亲,治好很难。春生不信,他对陆小梅说:"你看不见蓝天,还有俺,从今往后俺就是你的眼睛。"

陆小梅说:"你走吧,往后不要来找俺了,俺配不上你。"

春生不听,因为他深深地爱着陆小梅,那种爱已经超越了自己的生命。

其实陆小梅也深爱着春生,嘴里喊着让他走,心里却带着泪,她爱他,她不想连累他。有一次她对春生说:"你要真喜欢俺,你就好好上学吧,只要你将来当了医生,治好了俺的眼睛,俺就心甘情愿地嫁给你。"

春生说:"当真?"

陆小梅说:"天地可证。"

其实陆小梅心里清楚,自己的眼睛是治不好的。再说了,她知道春生考不上大学,也当不上医生,因为整个小县城从恢复高考后,只走出了三个大学生。

就因为陆小梅这一句话,春生像换了个人,再也没有去找过她。后来,陆小梅听人说,春生考上了医科大学,进了北京。再后来又听说,春生上了研究生。几年后,她得知春生成了博士,到美国深造。这些消息对陆小梅来说,如同听梦话一样缥缈。

他从美国归来后,听说陆小梅早在几年前已经成了别人的新娘,据说她的丈夫是盲人艺术团里一名演员。陆小梅带着自己的母亲,跟着双目失明的丈夫四处流浪演出,但去了哪里,谁也不晓得。

春生不信。他说,就算整个世界的人都在说谎,小梅也不会。为了一个承诺、一个人,他回到小县城开了一所眼科诊所,不知让多少个像"小梅"一样的人重见光明。

一年春天,浩荡的春风带来一个戏班子。让人奇怪的是这个戏班子放着城里的舞台不用,偏偏在城外那棵歪脖子老榆树下搭了一个临时舞台,免费对公众开放。

鼓乐声起,戏班子唱的第一场便是自编现代戏《千里寻郎》。舞台上的女主角儿一身素衣,千里寻郎,伴着鼓点,唱得字字带泪,声声泣血,感天动地,台下的观众无不落泪。

"一个约定等了四十年,为寻郎,俺盲女带着双目失明的老娘,上过北京城,走过八省二百三十多个县,郎啊郎,你这个狠心的郎……"女主角泣血含泪的唱腔,委婉动听,被浩荡的春风带出很远很远。

春生听到这悲戚的唱腔后,急慌慌地跑出了诊所。他向着那棵歪脖子老榆树一路狂奔,白大褂呼呼生风,跑得比春风还要浩荡。

不远处,那棵干枯了多年的歪脖子老榆树,这一年竟然生出了新枝,密匝匝的、一串串如铜钱般的榆钱挂满老榆树,清新鲜嫩,翠绿欲滴,浓烈的香气随风四散开来,醉了一座城。

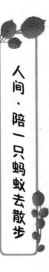

俩县长

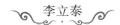

李立泰

张扬、李文章都大学毕业十八九年了,工作积极、服从领导、团结同志,靠真抓实干一步步爬,台阶一个个攀登,累得筋疲力尽、汗流浃背、腿肚子哆嗦,终于,在同一年都坐到了县长位子上。

该喘口气了,有点儿船到码头车到站的感觉。

二位打了个盹儿,警醒,时间不饶人,已过不惑,都奔五了。时间是硬道理,年龄是生产力,关键时刻你大一岁,大一月,甚至大一天也不行!年龄小一天可能留这边,大一天就那边去了。

张县学理工,好写文章。李县学中文,白浪费了"文章"二字,快十年没动笔了,一说写东西他就头疼。他参加工作就写讲话、总结、报道、简讯等,写得眼花,写得心脑血管供血不足,写得患了高血压。

张县讲话擅脱稿,不照本宣科。李县讲话,好照稿念,省心。

张县在河东,李县在河西。俩县的经济全区排名不是七八就是八七,后面还有老九老十。好在不垫底儿。

警醒了立马振作起来,二位的工作思路有了差异。

张县上任伊始把工作重点放到"三农"和水利建设上,连续召开农林水电等部门的专家会,邀请经验丰富的老农参加座谈会。大家畅所欲言,建言

献策,参政议政,为河东的"三农"和水利建设出谋划策。张县总结"智囊团"的意见,厘清思路,找出制约河东三农发展的瓶颈。他执笔写出破除瓶颈实施方案,先从河、湖、堤坝开挖加固入手,准备大干三年,力争五十年一遇的大发展。

李县上任则提出了"两个文明一起抓,重点抓文化"。首先搞文化、广电、体育、新闻出版四局合并,组建文广体新局。其次抓非物质文化遗产项目的"申遗",地区、省、国家,一级级上报。面人、泥人、版画、剪纸等项目先后被地区、省批准为非物质文化遗产。再次是狠抓文化产业建设,事业单位改制。河西的文化工作大有亮点,地区、省里先后召开现场会,推广河西县的文化工作先进经验,李县长成了"文化名人"。

时间过得真快,转眼三年。

这年夏天老天爷翻脸,下了一周的雨,一发而不可收。

河东这几年治理加固,面对暴雨河水暴涨,可以高枕无忧。

河西则召开了"全县党政军民齐动员战胜洪涝灾害誓师大会"。李县穿长靴披雨衣,扛铁锹战斗在大堤上。他明白,现在旱灾基本出不了人命,水灾可就难说，责任重如泰山。一县之长身先士卒，和人民同吃同住同抗灾，哪儿有险情哪儿就出现了李县长的身影。

大堤"临时抢险指挥部"医务大棚里，被同志们强拉回来的李县长挂上了吊瓶。两天两夜没合眼了，他和水务局的同志查看险情，晕倒在堤下的烂泥里。

张县长冒雨率人马支援来了……

省报、省台的记者等在棚外要采访李县长。醒来的李县长，叫记者到洪水一线采访同志们，多少可歌可泣的先进事迹啊。

洪水退去，大堤保住了，河西人民生命财产没遭受大的损失。

省报、省台连续报道河西县人民抗洪抢险。

但是李县长深刻反思——自己犯了错啊！工作有失误。

他向市委交了检查，剖析了思想，要求给予处分。

市委对李县长的检查进行了研究，给河东、河西各下了一纸文件。不是处分，而是两县主要领导交流。李县到河东任县长，张县到河西任县长。

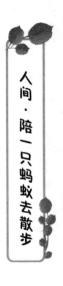

人间·陪一只蚂蚁去散步

唐孝子

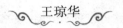

王琼华

在街坊的印象中,只要是疯子,不论是男人还是女子,都是衣衫褴褛,蓬头垢面。但裕后街的一个精神有毛病的老妇人天天穿着绫罗绸缎,哪怕她七十好几,也是衣香鬓影。

那天,一个随母亲来裕后街吃鱼粉的男童,见到一个老妇人朝自己傻笑,便拿起手中的射水枪往她身上喷水。他嘴上还叫道:"疯子!疯子!"

一个高个男子冲过来,一把夺过男童的射水枪。男童吓哭了。母亲奔上前冲他嚷道:"你人高马大,怎么欺负一个孩子?"

"他要是再大一点儿,我今天要刮他一个耳光!"高个男子满脸怒气。男童的母亲也不示弱:"你才是一个疯子!"

"你骂我疯子可以,但谁都不能骂我妈是疯子!"高个男子上前把老妇人衣服上的水珠拂去,很温和地说,"妈,没事的,小孩子不懂事。"

男童母亲扫了中年男子一眼,牵着男童的手走了。

过了几天,一位记者突然造访中年男子。记者问道:"请问,您是唐孝子先生吧?"

"我身份证上不是这个名字。"唐孝子答道。

记者说:"唐先生,我采访过几个街坊。他们都说你是一个大孝子。我想请您介绍一下照顾患病母亲的情况。"

"这有什么好说的?"

"人家说了很多事迹。比如,你天天给母亲洗澡。"

唐孝子说:"要是你妈也犯这个病,你做儿子的会让老人邋里邋遢吗?"

记者噎了一下。

"我遇上了,我就要面对。"

记者不想放弃采访,说:"我求证一个细节。您来裕后街开店做买卖的第一天,有个女街坊发现您这个大男人正给一个老妇人洗澡。她把这事说给街坊听时,却没一个人相信。当然,街坊们很快知道了这事一点儿也不假。"

"照顾母亲,怎么做都是天经地义的。你别套我话了。"

记者采访时,刚好到了吃午饭的时候。桌上的菜很丰盛,还有一大盆鱼。唐孝子告诉记者:"我妈特别爱吃鱼。"记者说:"老人家吃鱼好,但鱼有刺呢。""没刺的鱼也不好吃。"唐孝子用筷子把长刺挑了出来后,又把鱼夹进自己嘴里嚼几下,确定鱼没刺了,才把一团鱼肉从嘴中努到一只小勺上,放到鱼汤中过一下,再小心翼翼地喂给老妇人吃。

在喂老妇人吃东西时,唐孝子嘴上还唱着歌:"世上只有妈妈好,有妈的孩子像块宝⋯⋯"

歌声中,老妇人不仅会吃东西,还时不时跟着唐孝子唱上几句。

记者问:"你怎么找到这个喂老人家吃东西的方法呢?"

唐孝子跟记者说:"我妈她以前喜欢唱这首歌。我一唱这首歌曲,她就不会耍性子不吃饭了。"

记者离开前,唐孝子说:"请你不要报道这事。"

他没说出一个理由,只是再三恳求。记者只得点了点头。他想,也许唐孝子真不想成为一个新闻人物。

后来,唐孝子和母亲一块儿在医院住了一段时间。他陪母亲回到家里

的第三天,记者又上门来找唐孝子:"唐先生,听说您把自己的肾捐给了母亲?"

"把肾给母亲,哪叫捐呢?"

"哦,我用词不当。没想到老人家得这个病。"

"当时,我发现老人身体不舒服,陪她进医院一检查,才知道是肾衰竭了。医生说,要换肾。"

"没去找别的肾源吗?"

"找了。我跟医生说,哪怕砸锅卖铁,我也要买到肾脏。但他们告诉我,肾源很少,说不定要等上几年。我母亲哪能受这般煎熬?所以,我决定把自己的一只肾移植给母亲。"

记者犹豫了一下:"在这件事上,您应该慎重一点儿。"

"医生也这样提醒过我。但不管怎么样,她是我的母亲!医生便马上组织了手术。我很感激他们。他们照顾得很周到,让母亲和我很快出院了。"

记者对唐孝子说:"报社决定了,这事非登不可。头版,可能做第一条。"

"别登了。否则,我会更加内疚。"

"怎么会内疚?"

唐孝子犹豫了一下,说:"那时,我还在做房地产。有一个项目发标前,发包方经理跟我私下开口要两百万块钱。"

"啊,他索贿。"

"没错。但我必须拿到这个项目。否则,我的公司要散了。事成之后,却遭到公司员工举报,不仅让公司关了门,还吓得这个经理驾车连夜逃跑。途中车没油了,他便想从一条大河里游到对岸去,谁知他体力不支……"

"他发生意外了吗?"

"嗯。"

"这跟您给母亲移植肾脏有什么关系?"

"听到儿子不幸的消息,他妈妈的神经很快不太正常了。"

记者很惊讶:"难道刚换上您肾的老人家——"

"没错,就是他妈妈。"唐孝子叹了一口气。

"很遗憾的事,但这不是您主动行贿制造的悲剧。"

"如果我当时不往他卡上打钱,也许就没这事了。都怪我。后来,我收养了老人,把她当成自己的亲妈妈。"

记者唏嘘道:"明白了。我能写出一篇很感人的稿子。"

过了几天,记者给唐孝子打电话说:"上次,在街上往老人家身上喷水的男童,就是我那个调皮捣蛋的儿子。我跟您道个歉。"唐孝子忙说:"我当时也不够冷静。毕竟嘛,小孩子不懂事。"记者说:"正是听了我爱人的讲述,我才有了采访您的想法。现在又出了点儿意外,稿子我写了五六千字,报社突然有了不同的看法。"

唐孝子说:"我理解。本来也没什么好登的,我无非在赎罪。"

记者说:"但我感到抱歉。对了,我爱人有个想法,周末她领着孩子去看看老妇人。希望您能答应。"

唐孝子想了一下:"来的都是客。欢迎。"

075

折柳的少年

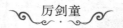

厉剑童

老柳五十八岁了，离规定退休年龄还有两年。单位照顾老柳，让他管理院子里那些花花草草，每天拔拔草，松松土，剪剪枝，工作倒也清闲自在。不过老柳干得挺认真。同事笑他死心眼，不如糊弄两年退休得了。老柳脸色一沉："那怎么行？那是我老柳做的事吗?!"

再过三天就是清明节了。这天，老柳正在花坛里松土，无意中发现有个八九岁大小的男孩，翻过低矮的栅栏，正往距花坛十几步、远紧靠栅栏的一棵柳树上爬。老柳放下锄头，赶紧小跑过去，问小男孩干吗偷着爬树。小男孩一见来了人，也不说话，哧溜下来，一抬脚跑了。老柳苦笑着摇摇头，说："这孩子，真淘气。"望着小男孩跑远的背影，老柳的脑子里忽然闪现出儿子小时候头戴柳条帽、拿着木棍当冲锋枪的淘气样子，鼻子一酸，眼圈红了。老柳叹口气，说："老了老了，不争气了。"

第二天下午下了班，老柳正要回家，下意识地朝柳树那边看去，只见那个小男孩又在往树上爬，一只手紧抓着一根柳树枝向下折。这小家伙，跟我玩猫捉老鼠的把戏。老柳想快跑过去制止，刚一抬脚，猛然想到，万一孩子受了惊吓，跌下来伤着咋办？想到这儿，老柳便放轻脚步，蹑手蹑脚走过去，正要折枝的小男孩也发现了站在树下的老柳，这次小男孩没有立即从树上溜下来,却抱着树干低头望着老柳,和老柳僵持着。老柳好说歹说,总算把小男孩哄下树来。

老柳弯下腰,慈祥地看着小男孩,问他为啥三番五次来折柳枝,是想做柳帽还是做柳笛吹?小男孩低着头啥也不说。老柳的耐心出奇得好。也许是见老柳不那么凶,小男孩突然头一仰,咕嘟着一张小圆脸,反问道:"干吗非要告诉你? 我偏不!"

老柳被小男孩倔强的样子逗乐了,那一刻他觉得眼前这小家伙像极了小时候的儿子。老柳倍感亲切,却故意脸色一沉,说:"你不说,我明天就到学校找你老师,告诉他你攀折柳树,不爱护公物,不是好学生。"

小男孩急了,说:"好爷爷,求求您,千万别告诉老师,我妈妈知道了会很生气的,爷爷,您一定要知道为什么吗?"

老柳点点头。

"那我给您讲个故事吧,这是我妈妈讲的故事——"

"有个小男孩,他爹在他三岁的时候出车祸死了。三年前,他六岁,夏天发大水,中午,小男孩趁妈妈不注意,从家里跑出来,跑到城西河边看涨河水。那条河很长,河水一直流到很远很远。那天河水很急很猛,发出狮子一样的吼声。小男孩拍着手兴奋地喊着叫着,围着河坝跑,一不小心,脚下一滑,滑进了河里,小男孩在河里一浮一沉,眼看就要被河水冲走了。这时有人纵身一跃,跳进了河里,费了好大劲才把小男孩托举上岸,可最后救人的那人却再也没能上来,打捞人员沿着河流一连找了好多天也没找到。妈妈说,救小男孩的那位叔叔才三十多岁,那天他正要给在单位值中班的父亲送饭,碰巧遇到小男孩落水……"小男孩说到这里,眼圈红了,嘴唇哆嗦了几下,用小手背擦了又擦。

小男孩接着说:"你可能猜到了,那个惹祸的小男孩就是我。每年清明节,我都要跟妈妈给爸爸上坟,妈妈每次都要去折几根柳枝插在爸爸的坟上。妈妈说,清明插柳,死去的人就能看见亲人,就能和亲人团聚。"

　　小男孩说，后来，他上小学三年级了，有一天他从一本书里看到死去的人尸首找不到了，亲人就会给他做衣冠冢来祭奠他。小男孩说，他很想念那位救了自己一命却连脸面都没看清的叔叔，他偷偷在离家不远的小树林里做了一个小小的坟包，他想清明节的时候，也给那位叔叔的坟上插柳，这样他就能看清那位叔叔的模样了，叔叔也能跟他说话了，他也能告诉叔叔自己得到老师表扬了啥的……

　　小男孩还在说着，老柳的眼睛已经湿润了。

　　小男孩说："这就是我折柳的原因。爷爷，这是我的一个秘密，连我妈都没告诉她，你可要替我保密。"

　　老柳噙着泪水用力地点点头："保密，爷爷一定保密。"

　　"来，拉钩上吊，一百年不许变。"

　　"好，拉钩上吊，一百年都不变。"老柳哽咽着，孩子似的笑了。

　　"爷爷，你咋哭了？"

　　"哦，爷爷眼里进沙子了，没事，孩子。"

　　"爷爷，那您告诉我，我是个好孩子吗？"

　　"你是个好孩子，顶好的孩子。"老柳轻轻抚摸着小男孩的圆脑袋说。

　　"爷爷，那您同意让我折几根柳枝，和我一起去给那位叔叔的坟头插柳吗？"

　　"愿意，爷爷愿意，不过，爷爷不能折这里的柳枝，这是集体的树，不能折。到爷爷家去，爷爷家有一棵老大的柳树。"

　　老柳拉着小男孩的手到了家，从老柳树上折了一大抱柳枝，俩人一起来到小男孩说的那片小树林。

　　小男孩朝一棵树旁一指，说："就这里。"

　　老柳顺着小男孩的手指方向看去，那里果然有一个小小的土包，土包上面压着一块石头，还真像一座小小的坟。老柳跟跄着走过去，呆呆地看着，许久许久，木然地将柳枝一一插在小小坟包上。

小男孩跪在那里,郑重其事地磕了三个响头,对着坟自言自语着什么。

"谢谢爷爷,那位叔叔知道咱们来看他一定会很开心吧。"

"是的,会开心的,一定会的。"

"爷爷,再见!"

"再见,孩子!"

看着小男孩矮小的身影消失在树林的那一边,老柳的泪再也止不住了。

他喃喃自语:"孩子啊,你知道吗? 救你的那位叔叔不是别人,是爷爷唯一的儿子啊!"

这时,老柳的眼前蓦地浮现出老家山岭上那座儿子的衣冠冢。

较　量

高　军

　　十年后，保善还清楚地记得，那次和检察官的较量中，他的心理防线是在一口浓痰下彻底崩溃的。

　　太阳有一竿子高的时候，他走出家门。在县城里，楼房高低错落，地平线早已被混凝土建筑物遮挡了个严实。这一竿子从哪里丈量让他感到已无从着手，太阳现在是在楼与楼之间的缝隙里被挤压着，好似随时都能被挤碎沿着楼体流淌下去。但他之所以有这种一竿子高的感觉，是因为回到家中，觉得一切是那么美好，连亲近大地的感受都不一样了。

　　昨天回来后，他再次感慨。家中的家具变得陈旧了，老婆的皱纹更多更深了，孩子也早已中断在国外的自费留学，回来自谋职业了。他的家，已经变得和任何一个普通家庭没有什么两样。

　　一晚上并没有睡得太踏实，到接近天明的时候他才进入了真正的睡眠状态。醒来后，他决定到公园走一走。已经是初夏时光，不到七点太阳就这么高了。他走在大街上，再次回想起自己十年前的那一切。

　　那时候，他在单位当着一把手，什么都由他说了算，不知不觉间慢慢就张扬起来，做了很多不应该做的事情，最终因贪腐被请进了检察院。

　　他的牙关一直咬得很紧，检察官们几次审问，他是死活都不说。他想只

要自己坚决不承认，谁也拿他没办法。

　　这天深夜，对他的审问再次开始。他发现，这次审问他的核心人物换了，是一位年近六十岁的老检察官，那斑白的鬓发在灯光照映下，好像全部变成了铁灰色。看着他，保善心中凛然一惊，知道这是一场难缠的较量。例行的审问由年轻的检察官逐一进行着，老检察官的眼光只要扫过来，他就有一种被压得喘不过气来的感觉。渐渐地，他一直梗着的脖子开始发酸发软，需要强撑着才不至于低下去。时间一分一秒地过去，周围一点儿动静也没有，玻璃窗外的夜色在微弱的街灯照耀下显得更浓，室内的空气更加压抑。由于他不说话，检察官们也沉默下来，双方无声地对峙着。最终，在几双明亮目光的长时间注视下，他的头终于低了下去。

　　室内越来越静，保善能听到几名检察官的呼吸声各不相同，其中劲道最大的就是老检察官发出的。他仔细琢磨后，觉得这里面就是自己的喘气声有些不均匀，在越来越清晰的几个人发出的声息中，他是最虚弱的。

　　"哼——"保善听到一声长长的震响破空而来，惊讶地抬起头来，只见老检察官微仰着头，用浑厚的鼻音使劲吸着气，鼻翼在持续翕动，随后微微张开嘴，喉咙和鼻腔共同用力，猛地"咔"一声，咳下一口痰来。他清晰地看到，

老检察官撮起嘴唇,那口浓痰直直地向着四米开外墙角的一个痰盂准确飞去。静谧的空气生生被撕扯开一道缝隙,发出震耳欲聋的破裂声,那口浓痰准确地落进了痰盂。

"说吧——"在保善还处于一种被子弹射中的混沌状态的时候,老检察官发话了。

在老检察官严厉目光的注视下,他再也绷不住了,把一切都坦白了出来。

自由是多么美好!走在去公园的路上,保善更加真切体会到了这句话包含的丰富内容。他的住处离得很近,不一会儿就进了公园。

蓦地,他的眼光凝住了,在不远处的一个座椅上,坐着那位让他难忘的老检察官。十年过去,老检察官的头发全部变白了,着便服的他和县城里的普通老头儿没有什么区别。如果不是自己的囹圄生活和他紧密相关的话,保善是认不出他来的。他看到老检察官的眼睛已经变得浑浊了许多,体力也大不如前。

经过这么久的牢狱生活改造,保善对自己的罪行已经彻底悔过。但面对老检察官,不知为什么他突然握紧拳头一步步向前走去,眼光直视着老人。

就在他走到离老人还有五六米远的时候,老检察官微微仰起脸来,鼻子向上一竦,"哗""咔"吐,动作连贯,一气呵成。只见从他口中飞出的一口浓痰,又像飞旋的子弹一样,准确落入了前方三四米远处一个尚未盖上盖子的垃圾箱内,劲道之大,令人惊讶。保善猛然哆嗦了一下,紧攥着的双拳慢慢松开,脚步停了下来。

他再次看了一眼安静地坐在长条椅上的老检察官,慢慢转身向回家的路走去……

太阳一族

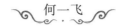

何一飞

谷虚怀清早甫出家门，便被一轮金灿灿的冬日暖阳抱住了。

近一个月没见过的太阳，悬挂在锦龙大厦上空，光芒万丈。阳光虽好，谷虚怀的心情却不好，阴郁而凝滞，恰似水镇这座被雾霾紧锁，重重压抑的小城。

谷虚怀一夜没睡，面色苍白。其实他的心情从昨天下午开始就不好了。昨天下午局里开了个副科级以上干部会，局里的稽查大队从科级升为副处级，稽查大队大队长就从局里科级干部中产生。局长说，明天上午市委组织部来局里召开民主推荐会，全局人员一个都不能缺席，人手一票。谷虚怀和同事们都知道，稽查大队大队长人选已定，所谓民主推荐不过是走走形式。

这么多年，谷虚怀一次次与副处失之交臂，总结下来，不外乎两条：一是上面没人，二是不跑不送。这些，谷虚怀都知道，也曾想过去运动运动，但终归没去。一个人可以无能，但不可以无德。屈原说：世溷浊而莫余知兮，吾方高驰而不顾。

"谷科长，你的资历和能力，全局人都翘大拇指佩服，这个副处非你莫属。"昨天会后，监察科马科长私下对谷虚怀说。

"我啊，没戏。"谷虚怀苦笑着说，"马科长你倒完全符合。"

"你真不争?"马科长问。

"不争。"谷虚怀摇了摇头。

"你要是不争,就投兄弟我一票。"马科长热情地搂着谷虚怀的肩。

"好。"谷虚怀答应了。

"一定啊!"

"一定!"

谷虚怀虽然答应了,但知道这个位子马科长是争不到的。如果真的是民主推荐,自己和马科长都有可能,自己的可能性更大。但这个位子大家都知道是为局办公室主任量身定做的。

单位的事,其实就是人事。人事人事,就是人的事。

本来要去单位开会的谷虚怀,望着锦龙大厦上空金黄的太阳,忽然起了一个念头。他拿出手机,想拨个电话,思忖一会儿,毅然把手机关了,塞进上衣口袋,朝着锦龙大厦方向走去。

谷虚怀的轨迹定格在这一走,紧接着就失踪了。

第一个发现谷虚怀失踪的是局办公室通知会议的人,会议时间到了,谷虚怀没来,打他手机却关机了。报告给局长,局长说不等了。会议正要开始,有看微信的同事惊叫一声,说锦龙大厦有人跳楼了。大家纷纷打开自己的手机,登 QQ,上微信,果然有图有真相。有同事看着那摔成一团模糊的身子,猜测着说,不会是谷虚怀吧?看着有点儿像。同事中有的说像,有的说不像。还有的说,如果真是谷虚怀,那太可惜了。正讨论着,微信中消息又来了,跳楼的是另一个局的工作人员。

如果不是马科长横插一脚,民主推荐会算是非常顺利。按惯例,投票一结束,组织部的人把票收齐,并不当场验票。但这次马科长非要当场验票。马科长说:"既然是民主推荐,就要做到公平透明,我强烈要求当场验票。"组织部门的人可能是第一次遇到这样的情况,一时愣住了。带队的出去打了个电话,良久后进来,同意当场验票。验票的结果是与会人员五十二人,收

回五十二票,谷虚怀得三十六票排第一,高票过了民主推荐关。

大家纷纷猜测,谷虚怀哪儿去了呢?

谷虚怀正眯着眼躺在春水江岸晒太阳。

阳光抚摸着谷虚怀的身心,将他暖暖地融化了。春水江上,流水雍容,渔歌灿烂;春水江边,水鸟嬉戏,涛声拍岸。蓝天如洗,山阔水远。谷虚怀有时孩子般"哦嗬嗬"长啸一声,有时拿根草梗挑逗着忙碌的蚂蚁……压在胸中的块垒豁然消散。

谷虚怀下午回单位后,不少同事向他道贺。谷虚怀笑笑说:"游戏,游戏,不当真。"

果不其然,几天后,从外单位调了个人来当稽查大队大队长,局办公室主任调到另外一个单位做了副调研员,升了副处。

很多人为谷虚怀抱不平。谷虚怀呢,云淡风轻,波澜不兴。可惜的是马科长,一个好好的人,疯了,见人就说:"我升副处了,我升副处了,哈哈哈。"

工作之余,谷虚怀不时去春水江晒太阳,和他一样去晒太阳的人渐渐多了起来,成了水镇一道明亮的风景。水镇的人把他们这群人叫作"太阳一族"。不写诗的谷虚怀还为此写了首诗:

一轮太阳正在辛勤劳作

将一些词语

繁忙、浮躁、私欲、名利……

洗净

大地静默

昆虫的鸣叫

抵达梦境

被阳光洗净内心的人

浑身散发金子的光芒

过马路

刘月潮

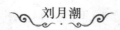

　　章正光是在路边忽然跟王世达分手的。

　　两人说笑着从宾馆出来,肩碰肩地穿过一条林荫道,秋风一阵阵刮过,密密匝匝的树叶在头顶上不安分地抖动。

　　林荫道走到头就是车来车往的大马路,穿过马路再往前走十几米远就到了他们培训的会议室。

　　过马路时,章正光左右望了望,看见斑马线横在十几米外的马路上,忙转身走过去,走了几步又回头看世达有没有跟上来。世达正要横穿马路,背对着他,在等身后走过来的一群培训班女学员。都是一个系统的,这群女学员里有不少他俩的熟人,还有他一直暗地里喜欢的杨莹莹。他跟杨莹莹开过几次会,参加过几回培训,杨莹莹对他不冷也不热。

　　章正光咧嘴笑了笑,他一向遵守交通规则,从不乱穿马路。有回他跟几个同事出差,大半夜出来找吃的,看见马路对面有家粉店没有打烊,几个同事互相看了一眼,一下子窜过马路。章正光却去找有斑马线的路口,硬是绕了一个大弯才过到马路对面。同事们一碗粉早已下了肚,都笑章正光是五好市民。

　　章正光踩上斑马线时,王世达也正领着这群女人直穿马路。王世达一个劲儿地同身边的杨莹莹说笑,中间还有意无意地瞟了他一眼。

章正光刚走到斑马线中间,一辆小车为避让马路中间王世达那群人,来不及刹车,竟斜着朝他冲来。小车车速极快,章正光还算反应快,但还是连滚带爬地上了人行道,捡了条小命。小车擦着他的脚后跟驶了过去。

章正光惊出一身冷汗,傻呆呆地光着一只脚站在人行道上,大口地喘着气。他抬起手摸摸脑袋,脑袋还好好的,摸摸自己的脸,又狠狠地拧着腮帮子,疼痛使他确信自己还好手好脚地活着。

小车急刹住了,司机探出头,见没伤着人,就一声不吭地开车一溜烟地跑了。

王世达打头跑过来,一只被车轮碾压得变形的鞋子,被王世达拎在手上。那只走样的鞋子就成了王世达的战利品。王世达把鞋子掼在地上,拍了拍章正光的肩膀说:"正光,以后可不能一个人冒冒失失过马路,有大部队要跟着大部队,跟着大部队走才是安全的。"

王世达说完回到女人中间,大家都笑嘻嘻地瞅着他,说只要人没事,牺牲一只鞋子算不了什么。杨莹莹也笑嘻嘻地望着他,那嘴角微微向上好看地扬着,渗出一丝嘲讽,说:"这只鞋子可是正光的贵人,正光一准做了亏心事,鞋子在替你受过。"

大家都很开心地笑起来,扔下正光一起说笑着走向教学楼。

只剩下章正光站在人行道上,他觉得自己成了一头案板上被宰杀后褪光了毛的猪,难堪、羞辱、懊悔……他这头死猪又被人开膛破肚,掏光了内脏。

穿上那只变形的鞋子,章正光右脚像套上了脚镣,高一脚低一脚地走进教室。学员们的目光顿时齐刷刷地黏在他身上,他怎么也甩不掉,活像一个罪犯,不安生地坐在审判席上等着大家审判。

那个上午章正光的心根本不在课堂上,培训老师讲什么,他一句也没听进去。大家也都不怎么专心,都时不时地瞟他一眼,好像他是个活死人,活该被车子辗死,却没死成,像个活鬼还活在人世上。章正光心里委屈死了,

难道他守规矩多绕些路去走斑马线就成了跟大家不一样的人？还有那个他喜欢的杨莹莹，也一直用怪怪的眼光瞧他。

下课时，章正光第一个走出教室，把同学们甩在后头。那只变形的鞋子一点儿不合脚，拖着他的腿，让他抬不起脚。下楼时他索性脱下鞋子，重重地拎在手上，下到一楼大厅再穿上鞋子。

来到马路边，他喘了口气，心虚地望了一眼右边十几米远的斑马线，心想过马路走斑马线遵守了多年，如今却要抛弃它。章正光迟疑了一下，还是抬起腿，右脚落到马路上像触电似的又缩回来，他稳了稳身子，左脚慢慢地落在马路上，他心里才踏实些。他活像一只鸭子没入车流里。马路头一回让他觉得无比生疏。

从后面过来的同学见到令人好笑的一幕：马路上车多人多，正是下班高峰期，章正光惊慌地躲闪着各种车辆，像个才学会走路的孩童。

大家都齐刷刷地站在路边，看着章正光慌乱地过马路。

大家都觉得有趣，这章正光一离开斑马线，好像不懂得怎样过马路了。

就在大家替章正光松了口气，他挪到马路边上时，还是被一辆疾驰而来的电动车撞倒在地。

撞人了！马路上的车辆顿时乱成一团，马路边的同学鱼群般地游向章正光。

章正光被同学们抬上急救车。临上车时，章正光忽然清醒过来，竟惦记着那只变形的鞋子，他让王世达找来鞋子，放进急救车里。

章正光右腿腓骨骨折。住院期间，同学们相约着去看望他好几回。痊愈出院后，全班同学特地为他举行了一场聚会，大家觥筹交错，庆祝他重新回到大家中间。杨莹莹还满脸娇羞地为他唱了一首歌。

过马路时，章正光再也不走斑马线，而是直穿马路。他很快跟大家一样，像水底的鱼自在地穿行在车流里。那只变形的鞋子一直被章正光藏在鞋柜里，它就像把快刀，把他的人生切成两半。

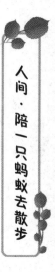

群山之巅

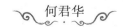

何君华

　　乌热松接到父亲阿什库来信,让他请假回去跟父亲上山学习打猎。

　　这简直是一个荒唐的要求。乌热松虽是鄂伦春人,但他从小到大从未上过山打过猎,更何况他现在公职在身,父亲怎会突发奇想要他回去学打猎呢?简直不可思议。但父亲素来是个稳妥的人,一生从未做过出格的事,做此决定应该有他的理由,尽管不情愿,乌热松还是决定回去一趟。

　　乌热松是在冬月里回到乌鲁布铁的。他从小和在阿里河当教师的姑姑一起生活、上学,在乌鲁布铁生活的时间并不长,因此这次回家乌热松反倒有一种说不清的新鲜感。

　　回家第二天的清晨,乌热松就被父亲拽上了山。他们上山的第一件事就是去祭拜山神白那恰。

　　"我们的一切都是山神白那恰赐予的。来,磕头。"阿什库将儿子的头按了下去,嘴里念念有词,"请山神赐予我们猎物。"

　　"今晚我们住在山里。"阿什库说。

　　按说,一直生活在城里的乌热松突然要在这大雪茫茫的荒郊野岭过夜,心里肯定是不满的。但不知什么原因,乌热松却并不反感。兴许是父亲充满仪式感的祭拜感染了他吧,乌热松竟主动帮父亲砍白桦树搭起撮罗子来。

虽然这是乌热松平生第一次搭撮罗子,却搭得有模有样。父亲看着乌热松一丝不苟的样子,甚是欣慰。这一刻,他在心里感觉并没有白养这个儿子,终究是鄂伦春之子啊。

"高高的兴安岭,一片大森林,森林里住着勇敢的鄂伦春,一匹猎马一杆枪,獐狍野鹿满山岭,打也打不尽……"阿什库不由自主地哼起了鄂伦春小曲。

撮罗子很快搭好了。

"乌热松,上马。我们出发!"阿什库别起那支跟随了他一辈子的俄式"别勒弹克"猎枪,朝兴安岭深处走去。

这是一支旧得不能再旧的老式猎枪,可阿什库从来没有把它换掉的念头。用阿什库自己的话说就是:"鄂伦春猎人一辈子有两样不能换,一个是老婆,另一个就是猎枪。"

乌热松不知道,他的父亲阿什库是乌鲁布铁最好的猎手。阿什库这个名字在鄂伦春语里本就是"狩猎技术高超"的意思,而阿什库也从来没有辜负过这个名字。他一直都是乌鲁布铁最令人尊敬的莫日根。

"一个出色的猎手要会看山形,辨风向,掌握各种动物的气味,通过观察雪地上动物的足迹进行跟踪、围猎。更重要的是,你必须有足够的耐心,能够忍受零下三十度的低温,还要忍受一连数天找不到猎物的失落和烦闷。"

"我们鄂伦春人以狩猎为生。老弱病残者无力获取猎物,只能靠年轻猎人供养,而年轻猎人也有需要靠别人供养的一天。一代传一代,鄂伦春人就这样走到今天。"阿什库边走边说。

"雪地上有狍子的脚印!"阿什库突然大喊一声翻身下马,查看起雪地上的足印来。"没错,是狍子。乌热松,快下马,我们得步行了,从下风口追过去!"阿什库在寒风中大声吆喝道。

两个小时后,他们终于发现了那只足有三十公斤重的大狍子。乌热松原本对打猎兴致不高,可当活生生的猎物就在眼前时,他还是忍不住喊出了声:"爸,快打!"

狍子是兴安岭森林里反应最不灵敏的动物,所以大家都叫它们"傻狍子"。尽管乌热松大喊了一声,那只傻狍子却好似没听见一般,仍然呆立在原地,一动不动。

这时阿什库才缓缓举起猎枪。然而他仅仅是瞄准,并没有开枪。

"爸,你咋不打呀?"乌热松急不可耐地小声问道。

阿什库不但没有开枪,反而把枪扔到了地上。那只傻狍子终于发觉了他们,撒腿跑了。

阿什库一屁股坐在雪地里,慢悠悠地燃起一锅旱烟,长叹一口气,用一种乌热松从未听过的语气说道:"我们鄂伦春人从不射杀怀孕和哺乳期的动物,下河捕鱼总是用大网眼的网,以此放过那些小鱼。每次出猎我们都祭拜山神白那恰,从不胡乱砍伐森林。千百年来,兴安岭森林里人和动物共存共荣,我们遵守自然的法则。可是,现在不行了。孩子,国家颁布了《野生动物保护法》和《森林法》。从今天起,我们不能打猎了。孩子,鄂伦春人下山了。"

父亲的一席话令乌热松震惊不已,他一下子瘫坐在雪地上,不知该说些什么,也不知该如何安慰父亲。

人间·陪一只蚂蚁去散步

"孩子，我这次找你回来，并不是要让你真的学会打猎，而是要告诉你，你是一个鄂伦春人，你是猎民之子，你必须知道，你的祖先们是怎样生活的。"

"鄂伦春人没有文字，我们的文化只能口口相传。我真担心，一旦离开山林，我们的狩猎文化就要消失。"说着阿什库流下了哀伤的眼泪。

乌热松这才突然明白，他们进山前的河口平地上，那一排排崭新的房屋就是鄂伦春人新的归宿……

一晃二十年过去了。现在，鄂伦春人早已在山下过起了新的生活，乌热松回到家乡时看到新建的鄂伦春博物馆也落成了。父亲阿什库那支老旧的俄式"别勒弹克"猎枪也摆在了博物馆里供人观赏。

尽管阿什库八年前永久地休息了，但他的一些话乌热松至今记得。阿什库说："鄂伦春猎手打到猎物，要尽可能多地分割给大家享用，这样才是合格的猎手。"现在，乌热松只想将鄂伦春人世代相传的狩猎文化和自然法则与更多的人分享。他想让年轻一代知道，他们的祖先是靠什么站在了兴安岭的群山之巅。

哥儿俩的队伍

孟宪岐

据县志记载:"1943 年春,刘丑和刘俊兄弟俩在清屏镇一带进行抗日活动,先后消灭鬼子三人,创造了本县民众抗日的奇迹。"有人觉得这样的记载过于简单,便走访了清屏镇几位年近九十高龄的老人,还原了历史真相。

刘丑,姓刘没错。因他相貌奇丑,才叫刘丑。

同样,刘俊,姓刘不假,据说他长相极像女人,大家才管他叫刘俊。

奇丑,极俊,这哥儿俩是咋长的?清屏镇没人知道。

清屏镇人只晓得,那一年街上多了俩娃儿。

高个儿眉清目秀,矮个儿丑陋无比。俩娃儿形影不离,沿街要饭。

有富家孩子见那矮个儿娃儿丑死了,就起哄甩泥巴。高个儿娃儿上前手脚并用,把那些坏小子打跑了。

其实,俩娃儿本不是哥儿俩,逃荒时遇见鬼子飞机扔炸弹,大人都炸死了,俩娃儿便走到一起。都姓刘,俊者为哥,丑者为弟。

清屏镇有鬼子的炮楼,驻守着一个班的鬼子兵。

哥说:"咱哪儿也不去了,就在这儿。"

弟说:"对,哪儿有鬼子,咱就在哪儿住。"

哥儿俩就在清屏镇的山沟里盖了茅草屋。

一天，沟里突然来了一头小毛驴，待在茅草屋前不走了，没人找。

哥说："嘿嘿，老天助咱呢。"

弟问："为啥？"

哥就用手摩挲着光滑的驴背说："这也是咱兄弟啊！给爹妈报仇，离不开你呀，这回就是咱哥儿仨啦，你算老三。"

不久，在鬼子炮楼边，一丑娃儿牵着头毛驴，一漂亮姑娘骑在驴背上，慢慢地行走。

百姓见了，心里嘀咕："这姑娘八成是要有麻烦了。"

果然，炮楼里的鬼子看见了，一个人追出来大喊："花姑娘，花姑娘！"

鬼子追得快，驴就跑得快；鬼子追得慢，驴就走得慢。

眼看离炮楼越来越远，驴停在了一块洼地里。

鬼子狞笑着对丑娃儿说："你的，滚开！"

丑娃儿并不滚。

鬼子也不管他滚不滚，就去抱驴背上的姑娘。没承想，那"姑娘"一把搂住鬼子的脑袋，使劲儿往下摁。丑娃儿捡起石头，对准摇摆不定的鬼子的头狠狠一砸，鬼子惨叫一声倒在地上。"姑娘"和丑娃儿一顿猛打，鬼子就被打死了。

俩娃儿把死鬼子抬上驴背，朝着他们住的相反的方向走了很远，扔进大山喂野狼了。

弄了一杆枪，还有子弹，可俩娃儿不会用，就把枪和子弹藏在了茅屋里。

炮楼的鬼子在清屏镇搜了好长时间，也没找到失踪的鬼子，后来在大山里找到了死鬼子的皮鞋和钢盔，还有一堆骨头。

鬼子惊呼："清屏镇来了八路军！"

一个月过去了。

鬼子逐渐放松了警惕，哥儿俩故伎重演，又有一个鬼子被他们搞掉了。鬼子调来了大部队，把清屏镇围得水泄不通。

哥儿俩着急,用啥法能把鬼子引走呢?

哥说:"我还扮女的,骑毛驴去逗引鬼子。"

弟说:"这回不行。鬼子人多,咱的小毛驴跑不过他们。"

哥说:"没事儿,我一个人,换镇里上千人,合算。"

弟说:"不行,让鬼子给抓了准死,以后我咋办呀?没你保护我,我一天都不能活!"

弟又说:"我去吧,他们一见我这样,兴许就放了我。"

最后,哥儿俩用"锤子、剪子、布"定输赢,输的去。

弟输了。

哥说:"你拿一支枪,把枪朝鬼子一扔就跑,千万别离鬼子太近,太近了就吃大亏啦。"

弟答应着,扛上枪,骑着小毛驴去清屏镇给老百姓解围。

弟在鬼子眼皮底下一过,鬼子就发现了,便集中火力连打带追。弟拍打着小毛驴说:"三弟,快跑啊,让鬼子追上咱俩都没命了!"那小毛驴听后四蹄腾空而起,跟飞一般,不一会儿就踪影皆无。

弟脱离险境后,刚和小毛驴停下喘口气,突然听见左边一声枪响。

弟不知发生了什么事。

原来,哥故意赢了弟。但他要保弟万无一失。弟走后,他悄悄跟在后面,当发现鬼子追击弟时,他担心小毛驴跑不快,没承想那小毛驴简直像长了翅膀。他在弟的左面打了一枪,鬼子便都朝左边跑去。

哥儿俩救下了清屏镇的老百姓。

哥会打枪了。

哥儿俩又去炮楼转悠。

哥藏在一块大石头后,让弟去引鬼子兵。

弟穿上女人的衣服,又大又肥,便成了一个最丑的女人。可鬼子见了丑女人也不放过,一个鬼子追过来,弟跑过大石头。

人间·陪一只蚂蚁去散步

哥在后面距离鬼子二尺远开了枪,鬼子应声倒地。

鬼子认为清屏镇一带有八路的队伍在活动,便进行彻底清剿。

哥儿俩从此离开了清屏镇。

在一个叫黄羊角的地方,哥儿俩见到了一帮穿灰衣服的人,这些人亲切地管这哥儿俩叫兄弟。

哥问一个挎盒子炮的人:"你们是干啥的?"

那人答:"我们是打鬼子的。"

哥又问:"打鬼子能吃饱饭吗?"

那人哈哈大笑:"不能吃饱饭咋打鬼子?"

哥问弟:"能打鬼子,还能吃饱饭,干不?"

弟答:"你说干就干。"

哥和弟一击掌:"干!"

哥儿俩就参加了八路军。后来,哥儿俩发现八路军有时也吃不饱饭,也要吃野菜,吃树皮、草根,但打起鬼子来都不含糊。

后来,哥儿俩都牺牲在了抗日的战场上。

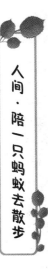

一块石头

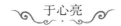

于心亮

村后的土山上,有块大石头。张兴问我:你看像啥?我说:啥也不像,就是块石头!张兴说:"村主任,我想包下那块石头。"我心说你脑子有病,嘴却说:"等商量一下再说吧!"

张兴前脚走,我后脚就去看那块石头。

像个啥?猫、狗、鸡、牛?都不像。

石头里有啥?底下压着啥?也都没啥。

我就去问张兴:"你包那块石头,想干啥?"张兴说:"别问想干啥,你就说让不让包吧!"我说:"不说清楚想干啥,我就不让你包。"张兴只好说:"你看,石头像个石佛不?"

哎哟,张兴这么一说,我再看那块石头,还真像个石佛!

张兴说:"让我承包了吧?我想赚点儿钱。"

我说:"一块石头,你想赚啥钱?"张兴说:"这你就别管啦,反正我能让石头变出钱来,你到底让不让我包?"我说:"行,你包吧,只要别后悔。"

回头张兴送我两箱苹果。我就咬着苹果把红章给盖上了。

张兴扯了丈红布,系在那块石头上,然后烧香磕头,还放爆竹,炸得周围几个村的人都听得见。人们纷纷往石头这边跑,边跑边说:"哎哟妈呀,听说

石佛降临了？"

张兴就这样开始收钱了。我笑这些人，真是愚笨，好骗。

原以为过了热闹劲儿就算完。没想到，每天都有人上山叩拜石头。我问张兴用了什么宣传方法。张兴说："这种事儿用不着宣传，大家你说我说，不信的也就信了。"

我走到村头，村头张老汉说："上回我上山锄地，跌坏了腿，就在那块石头底下薅了一把野菜，嚼烂了糊到伤腿上去，你猜怎么着——睡了一宿觉好了！"

我走到村尾，村尾李大妈说："那次我的小山羊跑丢了，四处找不到，把我给急得哟，最后你猜咋了？在那块石头……哦，不，是石佛给找着了！"

…………

于是我也想：我当选村主任的头天晚上，也在那块石头旁边待过，莫非……真有灵？

上山拜"石佛"的人总是来。张兴就卖香、卖纸钱、卖贡品……倘若没有人来，张兴就在旁边的果园里忙活。张兴种的苹果挺甜，想起来就有味道。

我去找张兴，我说："张兴，没想到你挺有眼光，一块石头，竟让你做成了产业，了不起啊，钱……不少赚吧？"张兴说："还凑合，比我种果树强多了。"

我说："你没听见一些闲话吧？"张兴说："什么闲话，没听见啊？"

我说："大家都说这块石头是老祖宗留下的，现在让你这么一包，就不太好了。"张兴说："那怎么办呢？"我说："我也不知怎么办，石头承包给你了，我也不能说改就改不是？"

我让张兴想想，看看能不能想出个什么招儿来。

张兴想了半天，没想出招儿来。我建议说："上山的路难走，要不村里修条道儿，路好走了，来的人就多，有钱大家一起赚？"张兴想了想说："行，就照你说的办吧。"

当然要照我说的办，不照我说的办，行吗？

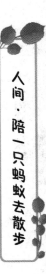

修路还不简单？相关人员一召集，我一说，大家都同意，并且还七嘴八舌提了今后发展的许多个建议。我说既然这样，那就开始干吧！

路修好了，相关的人员也就上岗了。比如收过路费的、卖矿泉水的、卖水果的、照相的、烤羊肉串的……张兴来找我："这么多人上岗，我还赚什么钱？"我耐心跟他解释："你包的是那块石头，但路是村里修的，不是说好有钱大家一起赚吗？"

张兴气哼哼地走了。他埋头在果园里忙活，不再管那块石头了。

但很快也就没人来叩拜那块石头了。用村里老人的话说：狼多肉少，来的人招架不住啊！于是，那块被人称颂的石佛又变回一块石头，没人搭理了。

倒是修的那条路被村里人所称赞，说上山干活儿方便多了。尤其张兴，开着拖拉机"突突突"去果园最为方便，到了秋收时候，一筐筐苹果运下山，看着真让人眼馋。

于是我想，我是不是着了张兴的道儿？我想起来就不舒服。

同　学

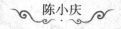

陈小庆

　　看到报纸上宋云的名字时，苏文几乎不敢相信自己的眼睛——宋云不是他的老同学吗？宋云从事的豆制品生意已经做到出口了？这么说他从父亲手里接过的豆腐作坊已经被他整成上市公司了？苏文本不敢相信，可报纸上大大的黑体字印得明明白白，这豆制品集团的董事长就是宋云。

　　苏文眼前不禁浮现出很久以前的画面。宋云的父亲老宋拉着板车，上面有两大板儿豆腐，老宋好嗓门儿："豆腐——谁割豆腐来……"声传四方，根本不用喇叭。大爷大妈们就陆陆续续走过来，称上一块儿两块儿豆腐。苏文最喜欢看老宋拿着一拃多长的薄刀割开豆腐的动作：只见老宋掀开蒙豆腐的白布，竖一刀横几刀地轻轻切下去，那白嫩嫩的豆腐便齐整整地被分割成一块一块的小正方形，然后他又熟练地托起一块放在秤盘儿里，口里念叨着："一斤高高的……"他分割的每一块豆腐都是"一斤高高的"，大家不说他这手艺是"一刀准"，都称之为"一斤高"。

　　虽然老宋做的豆腐好吃，还有不错的人缘和那有名的"一斤高"，但苏文他们几个小孩子却从来都看不起宋云。首先他家是外来户，租住了一个大院——这里属于城中村，这里很多做生意的都是外来户，再就是宋云成天流鼻涕，脏兮兮的，一副乡巴佬儿的模样，学习也不好。他是二年级转来苏文

班的,第一个同桌就是苏文。宋云坐到苏文身边,讨好地对苏文笑笑,鼻子里却冒出了个鼻涕泡儿。苏文什么也没说,只把板凳挪得离他远了一拃。

往事如烟,十几年没有见到宋云了,他初中毕业就接了父亲的豆腐坊,一直从事着豆腐生意,没想到居然做大了!那个被苏文他们瞧不起的脏兮兮的家伙现在居然是大老板了!苏文心里一阵难过——自己目前还只是在一家公司里做着文员,每天按部就班地上班下班,每周上电影院看一场电影,经常和几个朋友喝酒,还熬夜打电脑游戏,自以为生活得幸福自在……可,自己的前途在哪里?和人家宋云怎么比?老婆要是知道宋云是自己同学,该用什么样的言语奚落自己?

很久以前,苏文升入重点高中,而宋云回家磨豆腐。苏文心里的优越感,促使自己每周从寄宿制学校回来都要专门路过宋云的豆腐坊,他穿着寄宿制学校的制服,而宋云穿着工作围裙在忙碌着。

苏文上高中半年后,宋云他们搬家了。

很久以前苏文就想过:自己和宋云不是一个档次的人,天生我材必有大用;而宋云,则是底层的劳动人民,需要我去关怀……

可生活不按套路出牌,宋云现在事业有成,而苏文朝九晚五,为别人打工。

不行,苏文对自己说,不能认命!他开始趁一切机会倒腾生意。

每周的电影取消了,和朋友喝酒取消了,熬夜打游戏取消了,凡是不利于上进的事情都取消了……每每想到宋云的成就,苏文就夜不能寐,他的生活很是励志,基本是卧薪尝胆,枕戈待旦!崖柏这几年挺火,他就倒卖崖柏,自己也上山去偷挖,可惜没能挣到钱;又听说倒卖牧羊犬可以发财,苏文就倒卖了好几条牧羊犬,可惜还是没有挣到钱;他又兼职推销保险,最后只动员自己买了一份;苏文还做过直销传销,做过很多辛苦的危险的甚至违法的事情……

就在苏文奋发图强,一步一个脚印地攀登在致富路上时,他又一次看到了宋云的名字出现在报纸上!

这个拥有上市公司的豆制品老板宋云,居然是个女的!因为她捐资助学,这次报纸配发了她的彩照。原来她不是苏文那个叫宋云的男同学!苏文忽然长出一口气——本来我就不相信那个家伙会有这么大本事,果不其然!生活哪里有那么多的跌宕起伏,哪里有那么多起承转合?那个脏兮兮的宋云一定还在一个小角落里卖他那可爱的豆腐,顶多把他爹的板车换成电动三轮,三轮车上有个电喇叭……苏文眼前浮现出中年宋云奔波于市井之间的画面,那画面好温馨,好亲切,好接地气!

苏文要先去看场电影,然后约上三五好友喝酒喝到半夜,慢慢来,生活还是如此美好!如果有机会,甚至还可以和老同学宋云取得联系,好好聊聊这些年的苦辣酸甜……

不错,生活很久以前就是如此美好!

圈养在心中的狼

游 睿
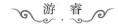

男人惧怕一匹狼,是儿子出生以后的事情。

男人是山里最优秀的猎人。他有一把祖传的猎刀,那刀锋芒毕露,削铁如泥。有刀在手,男人握住的就是满满的自信。别说狼,就算老虎也不怕。

男人曾经被四大一小的五匹狼团团围住过。男人拔出猎刀唰唰一阵挥舞,四匹大狼瞬间就被砍成数段。剩下那匹小狼睁着黑豆般的眼睛连连后退,男人犹豫了一下,仍一刀挥了过去。小狼哀号一声跑开,只留下了一只灰色的狼耳朵。

看着小狼边回头边跑远,男人有些后悔,他知道狼的报复心极强,它迟早会找他报仇。

儿子出生之后,男人就放下了猎刀。儿子很瘦,半眯着眼睛像只羸弱的猫。男人抱着他,心都快融化了。男人想,如果儿子看到一个残忍的爸爸,会是什么后果?男人暗地里发誓,一定要做个好父亲,让儿子健健康康地成长。于是男人用麻布将猎刀缠住,挂在了墙角。

但男人总会想起那匹独耳狼,担心它随时可能出现。伤害他也就算了,万一伤害到了儿子怎么办?所以男人从不让儿子离开他的视线。

儿子渐渐长大,那匹狼一直没出现过。可越是这样,男人越担心。男人

知道它一直在,作为一匹狼,它终究会来复仇。

不想,儿子却喜欢上了一只羊。

儿子五岁的时候,男人在石头缝里发现了一只刚出生的小山羊。这种小羊,以前无一例外地都变成了他口中喷香的烤乳羊。儿子却对这个湿漉漉的小家伙爱不释手。

"它多可怜啊。"儿子说,"爸爸,我能把它养大吗?"

看着儿子清澈的大眼睛,男人点了点头。

男人花了小半天工夫搭出一个羊圈,再把小山羊放在里面。男人从外面割回一些草,一根一根地喂到羊的嘴里。儿子用小手抚摸羊,小山羊就把身子往儿子身边靠。儿子开心极了,拍着手说:"它和我交朋友了。"男人就笑了。

儿子渐渐长大,小山羊也渐渐长成大山羊。儿子经常翻进羊圈和羊一起玩儿,还骑在羊身上。男人发现不光是儿子,就连自己也和这只山羊有了感情。每次男人走近羊圈,山羊都会咩咩地叫几声,还会把头撒娇般往他身上靠。男人甚至觉得,这只山羊和儿子一样,看着就特别温暖。

只是一想到不知何时可能有一匹狼会出现,男人的心顿时就冷却了。因为羊的存在,狼可能更容易出现,这是狼的本性。何况,它还要复仇。

山羊在圈里越长越肥硕。男人的儿子也上了学。

男人希望儿子成绩能好点儿,将来能走出大山。但男人很快就发现,事与愿违,儿子的成绩十分不好。每天放学回家,儿子第一件事情就是去喂山羊,把作业丢在了一边。

男人牵儿子回屋,手把手辅导他,可儿子却总是心不在焉。男人咬咬牙,耐心地哄他,诱导他,鼓励他。可男人一转身,儿子就溜到了羊圈边。男人再拉,儿子却挣扎不已。儿子哭着说:"我不要读书,我长大了就放羊。"男人强拉不动,忽然抡起手,给了儿子一个耳光。这是男人第一次打儿子。

儿子捂住脸哇哇大哭,男人后悔不已。他感到自己的心在淌血,他比儿子更难受。

男人走出门打算透口气，没走出几步，猛然看到了一个熟悉的影子，一匹一只耳朵的狼，正怒视着男人。

男人瞬间惊呆，果然，该来的，总会来。男人迅速转身，回家取出猎刀。再出来时，狼不知去向。男人感到恐惧，攥紧了猎刀想，这刀恐怕再也不能离手了。

这天下午，男人回家的时候，儿子依旧在羊圈边喂羊。

"作业做了吗？"男人问。

儿子摇摇头。

"为什么不做？"男人又问。

儿子依旧摇摇头。

男人看了看那只山羊，此刻它正温顺地靠着儿子。男人却突然发现，这只羊实在太肥硕了，一点儿也不好看。以前儿子可以和它玩，可现在影响学习，还能继续玩吗？

"你不做作业，我就杀了它！"男人说。

"你敢！"儿子猛然站起，"你杀了羊，我就再也不读书了。"

男人实在没忍住，给了儿子一记耳光："读，还是不读？"

"不读！"儿子大哭着说，"打死也不读！"

"我让你不读！"男人跳进羊圈，抽出随身紧握的猎刀，没有任何前奏，没有丝毫犹豫，动作娴熟，一道白光闪过，喷薄而出的羊血溅了他一身。

哭声戛然而止，只见儿子睁大眼睛，脸色惨白。他意识到了什么，连忙扔掉猎刀伸手去搂，儿子却哇的一声大叫，撒腿就跑。

"站住！"男人呵斥道，立刻起身去追。跑出数米，却见儿子竟然连滚带爬地往回跑。

男人一把抓住儿子的衣领。

就在此刻，男人才惊恐地发现，儿子的前方，正伏着一匹只有一只耳朵的狼，狼龇着牙，眼里一片血红。

说谎者说

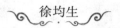

徐均生

领导推门进来时，张三刚跳下窗去。

我只抓住张三的一只鞋子，面无血色。

我说："张三……他……他跳下去了。"

领导连忙扑到窗口，看到了张三扑在花草丛中。

我要冲下楼去，却被领导一把抓住了。

领导说："我有话对你说！"

领导的眼睛都红了。我看着领导点了点头。

领导说："第一，无论张三是什么原因跳窗的，你都不能对任何人说！"

领导见我点了点头，又说："第二，张三从窗台掉下去是因为他搞卫生，对，为了迎接上级部门大检查，擦窗户时不慎掉下去了。他——张三——完全是因公掉下去的。这一点你要特别记住！"

我很使劲地点了点头。

这时候，领导就和我一起快速往楼下跑去，刚跑了几级台阶，领导又对我说："李四，我有话说。"

我连忙停住了脚步，气喘吁吁地说："我听着呢。"

领导说："你看这样行不行？张三不是搞卫生掉下去的，而是因为救你掉下去的。"

我大惊,眼睛睁得大大的,不解。

领导解释说:"你在窗台上搞卫生,脚下一滑挂在了窗台上,张三发现后连忙把你救起来,不料,他的脚一滑,就掉下去了。"

我张了张嘴巴想辩解,领导用手制止了,说:"你听我说,这样的话,对你没有任何影响,而对张三就不同了,他可以成为英雄,对他的家人就有很多好处,对我们单位也是好事,你说是不是?"

我想应该是的,我不能因为自己诚实为人而影响张三及他家人的荣誉。

我同意了,说:"我会按您的要求说的。"

果然,张三非常风光地去天堂了,张三的家人也得到了相应的待遇。

我在单位也没受任何影响,反而受到领导的重视。领导对我重视了以后,我在单位的地位节节上升,过了没多长时间,领导根据民意测验提拔我当了办公室主任。这"民意"就是领导的意思,我心里当然非常清楚。就这样,我成了领导的红人,领导做什么都带着我,无论谈工作还是宴请要人,我肯定陪伴在领导的身边,帮领导打理一切琐事。

忽然有一天,领导被检察官带走了。之后没几天,上级组织来找我核实情况。

上级组织问:"张三救你落窗的事是不是你们领导安排你说的?"

我断然回答:"不是,张三是救我掉下窗去的。"

上级组织又问:"你们领导都坦白了,他为了政绩不得不让你说谎,你好好想想,是不是这样?"

我依然断然回答:"不是的,张三绝对是救我后掉下窗去的。"

上级组织再问:"请你放心,就算你说出实情,也不会被撤职,张三的荣誉也不会收回。"

我很坚决很果断地说:"我所说的话都是真的,经得起任何考验!"

上级组织见问不出他们所希望的结果,就让单位的新领导来找我谈话。

新领导没头没脑地责问："你为什么不说实话？"

我瞟了一眼新领导，坚定地说："我说的句句是实话！"

新领导却说："我给你一个机会，说出实情，我不会追究你，你还是做你的办公室主任。"

我依然回答："我所说的都是实情，每一句话，都经得起历史考验！"

新领导冷笑一声，把一张纸摔在我的眼前，喝道："你睁大眼睛好好看看吧！"

我看了一下，是张三的遗书，要自杀的遗书！

我淡淡地说："这是假的。"

新领导一听我的话就怒不可遏道："你给我好好听着，这是张三跳窗自杀前亲自给我的！"

我气呼呼地反问道："那你为何不制止？难道是你故意让他自杀的吗？"

新领导顿时哑然，狠狠地瞪了我一眼，拿起张三的遗书愤愤地走了。

一切都照旧，太阳照样每天升起。

新领导没有把张三的遗书公布于众，不过，我的办公室主任倒是换成了政治处副主任，分管老年工作。

有人说我升了，有人说我明升暗降。

我只是笑笑，什么话都没说。

张三的事没有改变，他的家人该享受的待遇一点儿也不少。

我有时也在想：是我在救张三，还是张三在救我？

您好，很高兴认识您

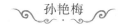
孙艳梅

　　李蔷一看见我就哭了。她在出租屋里把自己灌得大醉，一瓶五年陈的沂河桥歪倒在脚边。李蔷靠在我肩膀上哭得梨花带雨："姓侯的是个大混蛋，大混蛋！"

　　我用尽吃奶的力气把她架到床上，帮她脱鞋，盖被。灯光下，美人儿李蔷的眼角竟然有了两道深深的鱼尾纹，让我不由得感叹岁月之无情、容颜之易老。

　　美人儿李蔷曾是我大学室友。美人儿自然是无比畅销的，经常有男生站宿舍楼下大声唱情歌，也有男生约她出去喝酒。每次李蔷喝醉了，就差人打电话，让我扶她回寝室。李蔷醉眼迷离地对我说："每一次都是你在伸手帮我，我不会忘记你的，等着我李蔷发达了一定好好报答你。"我搀扶着她摇摇晃晃地一级一级爬楼梯，我说："好的好的。"

　　大学生活比想象中短暂，我在搀扶李蔷四年后就毕业了。毕业之后的我按部就班地恋爱，结婚。李蔷则走马灯地换男友，走马灯地换工作，走马灯地换电话号码。连我结婚的时候，想邀她参加我的婚礼，都找不到她的行踪。

　　可李蔷有一天忽然不请自来，她倚着门框笑嘻嘻地说："梅，你就像收留

流浪狗一样收留我吧。"话软到这个份儿上,我就不好意思拒绝了。我边帮她把掉了一个轱辘的行李箱往屋子里拖,边问:"干吗辞职呢?"李蔷说:"又累又不赚钱,干够了。"

李蔷就在我家的客房住下了。白天出去寻找又不累又赚钱的工作,晚上就穿着裤衩小背心跟我一块窝在沙发里看电视,她的大胸像洛阳的牡丹一样招摇,惹得我不得不经常恶狠狠地警告老尤非礼勿视。

终于盼到李蔷提着她的行李箱离开我家。李蔷没找到好工作,却找到一个好男人,好男人给她租了一套三室一厅的房子。

这回李蔷的电话号码不再更换,她过一段时间就跟我煲电话粥,她说她要和她的好男人侯哥结婚了,李蔷很纠结地问我:"你说我的婚礼是安排在开满紫花的普罗旺斯,还是蓝天碧海的马尔代夫?"

没想到她的好男人侯哥是个有老婆的人。那段日子,李蔷频频逼婚,好男人侯哥眼看纸里包不住火,只好老实交代。

我看着悲痛欲绝的美人儿李蔷眼角的鱼尾纹,我想当务之急是给李蔷物色个正经人家,从此过正经日子。我数算身边认识的男人,太老的不行,太少的也不行,掐头去尾没剩下几个。

从李蔷那儿回来,我对老尤说:"我记得你单位的小马,好像没对象吧?"

老尤眼皮一翻:"人家小马是富二代,怎会娶像酒吧女似的你同学?"

我说:"试一试吧,缘分这事谁也说不准。"

李蔷相亲那天,我把她的黑丝袜吊带裙,还有薄如蝉翼的姹紫嫣红的浮夸衣裳统统找出来,打包,一股脑儿塞进绿皮垃圾箱。李蔷恋恋不舍地跟出来,我"啪"地合上桶盖,带她到我家的衣橱里,挑衣裳。

当李蔷穿着老尤在上海给我买的那件小晚礼服裙时,我不禁大声喝彩,美人儿就是美人儿!

李蔷像一朵盛开的桃花,桃之夭夭灼灼其华。我拍拍她的肩膀说:"好好把握机会吧。"

我没有陪着李蔷相亲。晚上,李蔷打电话给我,她说小马对她印象很好。稍微顿了一下,李蔷又说:"将来我一定会好好报答你。"我说:"说啥傻话呢?"

我怀孕初期天天吐得天昏地暗,也就没顾上问李蔷的进展情况。一天老尤回来说,你那个同学真有手段,两人马上要结婚了。

我很纳闷,结婚这么大的事,李蔷怎么没告诉我?

直到结婚那天,我也没等到李蔷的电话。反倒老尤拿回小马下发的请帖,邀请我和老尤参加婚礼。

小城的五星级酒店里,李蔷挎着夫君的胳膊,微微笑着,甚至有些羞涩。手工缝制的白色婚礼服衬得她像百合花一样纯洁美丽。难以相信,那就是前几个月还在出租屋里为另一个男人要生要死的李蔷。

李蔷见到我,有一刹那的慌乱和尴尬,仿佛一下子又在绿皮垃圾箱里翻捡到自己的荒唐岁月。不过,她很快镇定下来,矜持向我伸出手,她说:"您好,很高兴认识您,想必您就是尤太太吧?"

我吃惊地张大嘴巴,好半天没反应过来,直到老尤在旁边捏了我一下。

我伸出我的手,轻轻握了一下她的手。

刺　眼

陈振林

黑暗中,他爬上了楼顶。十二楼。

夜像块无边的幕布,罩在他的身上。忽明忽暗的灯,像鬼火一样眨着眼,像是在对着他招手。有风,吹起他的衣角,像一只大手一样要将他的身体钳住。

他真的下定了决心。

他曾在现场看到过一个想要跳楼的女子,三十多岁的样子,穿着鲜红的外套、墨绿的牛仔裤,在那个阳光灿烂的下午,站在一栋六层楼的楼顶大声叫喊着,说她的男人找了别的女人,她要跳楼。楼下全是看热闹的人。有警察隔着五六米远在向她喊话,让她想开一些,不要跳楼。也有消防兵,在楼下慌忙地铺着安全垫。他笑了笑,心里说,她这不是要跳楼的样子呢。于是,他也走近,跟着叫喊的人群,也大声地叫喊着:"跳啊,快跳啊。"

结果当然是没有跳,女人哭着被警察扶下了楼。听说,这女人想跳楼已经好几次了。

于是他想,要是有一天我想跳楼,一定会真的跳下来。

生活似乎一直在和他开玩笑。他的小公司,遇上不景气的大环境破产了,还欠下成堆的债务。那个数字,他后半生不吃不喝也还不了。他的女

112

人，曾苦苦追求了三年的女人，居然跟着一个农民工跑了。他的父亲，为了替他还债，日夜在工厂做工。年迈的母亲，常年卧病在床。而还不到十岁的儿子丁丁，不知怎么就患上了白血病。几乎所有的不幸，像走程序一样降临到他的头上。

接连几天，儿子的化疗没有效果，催债的电话却一个接着一个。他闷闷地接连抽完了两盒烟，走上了这十二楼的楼顶。

他慢慢地跨上楼顶的护栏。护栏是用砖块砌成的，他站了起来。再过一分钟，他就要从这里起飞，飞向天空，飞向那个没有压力的快乐世界。

他做好了起飞的姿势。他不再想什么了，也不用想他一会儿飞起之后冲向地面的姿势。他知道这时候没有谁看到他起飞，也不会有警察来和他啰唆什么。这也是他选择在黑夜上楼的原因。

他抬起了自己的左脚。

右脚一滑！

他下意识地抓住护栏边的栏杆，那是用钢管焊接的栏杆。他想，如果刚才不是抓住栏杆，他就滑下去了。

就在右脚一滑的时刻,他眼前一闪,觉得分外刺眼。远处如鬼火一般的灯光流动起来,在他的眼前闪烁。那灯光的下边,是自由穿行的小汽车,小汽车里应该有一对一对美好的情侣。唉,那个自己爱着的女人,走了就走了吧,让她去寻找自己的幸福吧。他看见父亲正对着他训话,正像他小时候打破了一个菜盘的样子。他卧床的母亲已经起来了,他还似乎听到了儿子丁丁的呼喊,丁丁叫着"爸爸",正向他跑来……

他觉得,那灯光刺眼。

他紧紧地抓住了护栏边的栏杆,那是用钢管焊接的栏杆。

他跳下护栏,落在十二楼的楼顶。

天空有几颗星星正对着他微笑。他掏出了手机,想拍下星星们的笑脸。

他看了看手机,手机上似乎什么也没有拍到。他用手拍了拍右裤脚,他觉得那右裤脚上有灰尘,是刚才在护栏上蹭的。

他迅速向儿子丁丁的病房跑去。他哼着一首歌,一首不知道名字的歌。

吃　素

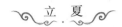

立·夏

　　"吃素？好！"东道主葛主任朝服务小姐挥了下手，"今天全部上素菜，不许沾一丝荤腥。"

　　他这次是专程来烧香拜佛的，他的企业遭遇了经济危机。那真是个非常可怕的词，可怕到他将一无所有，甚至比二十年前的状态更惨。那种情景最近他在梦里已经经历了好几次，法院传票、财产查封、员工讨债……至于身边那个人，他瞟了一眼美艳的小娇妻，她正饶有兴致地研究着桌上一盘盘做成鸡鸭鱼肉形状的素菜。在他的梦里，她不知跟人跑了多少次，虽然现实中她还好好地陪在他身边。

　　"哇，真是太可怕了！"她娇滴滴地说，"它们真的都是素的吗？"她将头扭向葛主任。

　　他皱了皱眉，轻瞬既逝，不易被察觉，唉，这个女人真是没心没肺到了无可救药的地步。他噌地站起身，去了洗手间，不想再听他们絮絮叨叨地探讨关于素食的原料问题。

　　刚进洗手间，就接到了副手的电话，最近每次听他说话，都觉得天要塌下来了。塌吧塌吧，大家都砸死算了！

　　经济危机，这个词是谁想出来的？他现在已经危得连一点儿机会都没有了。听说这里的菩萨特别灵验，今天在佛前，他闭着眼合掌默立了许久，最后他睁开眼，伏地叩头拜了三拜。

与那男子擦肩而过的时候他蓦然一惊，那是一种直觉，那个人眼神迷乱，步履慌张。容不得他细想，那男子已反身制住了他，一把冒着寒气的刀架在他的脖子上，把他定格在一个歪扭的姿势上，让他觉得很累，但他不敢动。他还不想死，死是比经济危机更可怕的字眼。

本来很安静的酒店沸腾了，在许多声音中他清晰地分辨出小娇妻的尖叫声。"她终于没心情研究素食了。"他在心里不无嘲讽地想。他也终于听清了身边的男人一遍遍重复说的话："给我一百万我就放人，我可不是吃素的。"

那人真是疯了，为了一百万铤而走险，一百万算什么？他想对那个男人喊："给你一百万，放了我吧！"却突然想到他的账上现在连十万都没有了。警察到了，开始远远地喊话，劝那男人放下刀子。他却想：难道警察拿得出一百万给这个男人？只有傻子才会相信。这个男人到底想干什么？如果这个男人拿不到一百万，难道自己永远这样被刀架在脖子上？

"记者呢？有没有记者？"身后的男人这么喊着，换了个姿势，他感觉脖子明显轻松了许多，连忙抓住这个机会，说："兄弟，这样多累，要不咱们去包厢坐下来商量？兄弟，我知道你肯定有天大的难处，不然也犯不着这样。"

那人不吭声。他又说："饿了吧，兄弟，我点的一大桌菜还没吃呢，咱们要不边吃边商量？"

他听到身后有喉结滚动咽唾沫的声音："你跑了怎么办？"

"不会的。走过去的时候你可以把刀再架得紧些，不过千万别割破我的脖子，不然我就不能陪你吃这顿饭了。"他很奇怪，这样的时候，自己竟然还能开玩笑。

酒店里的人都退到了门外。他两一步步挪到包厢里，把门锁上。他这才看清那个男人的模样——比自己黑瘦些，年纪差不多，都是被生活重压着的年龄。

外面的嘈杂声渐浓，他从百叶窗的缝隙往外看，警察簇拥着一个哭泣的女人。"是你老婆吧？"

那人突然狂躁起来，说："这笨女人，不在医院看儿子，跑这儿凑什么热闹？"回头又对着他吼："你给外面打个电话，让电视台、电台、报社的记者通通过来。"

一桌子的菜都凉了，显得了无生气。他夹起一块素火腿塞到嘴里，说："记者早就到了，我们还是先填饱肚子，事情总会有办法解决。"

那人拿起筷子夹了一大块鸡肉，吃到嘴里，皱了下眉，说这味儿不对啊。他说："不好意思，都是素的，凑合吃吧。"

那人猛地搯了一下桌子，说："告诉他们，我可不是吃素的。"说着，竟伏在桌上号啕大哭起来。

警察冲进来，反扭了那人的双手。

而他，看着那些菜，感叹道："明明是素的，看上去却是荤的。这世上很多事情，真的不像我们看到的那样。"

半爿包子铺

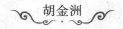

胡金洲

离我家不远处有一间门面,左边半间是面包坊,右边半间是包子铺。

夫妻二人做包子,身边带着一个男孩和一个女孩。包子铺屋里,半空中架起一层阁楼,几床被子垛在一起,像座小山。门口一个大火炉,坐一口大锅,摞起十几个洋铁皮屉笼,吹哨子一样叫着,一股股肉香菜香飘到小道上东游西走。

男人和面,擀皮,搁馅儿,捏团。女人踮起脚,把包子往屉笼里搁进夹出。

包子铺生意很火。对面市政府家属院拆迁,当官当民的全搬走了,留下一大块地顶着荒草空巴巴地闲着。每天中午与黄昏,老住户们从四面八方赶到包子铺来买包子。

我是常客之一。我来买包子出于两点考虑。一是这家的包子味道不错,菜馅儿肉馅儿让人吃了放心;二是夫妻俩两个孩子跟我有眼缘,样子可爱得让人心疼。一间不到十五平方米的平房,做包子卖包子加上一家人吃饭睡觉全在里头,说句不中听的话,像个牛栏马厩。可人家那两个孩子,我每一次来,不是听到从阁楼上传来清脆的读书声,就是看到他们趴在翻板桌上低头写作业。门前车水马龙大呼小叫,他们硬是头也不抬一下。每次买

下包子，我都舍不得走，要多看这两个小家伙几眼。我的孙子就缺乏他们这种精神，他妈怀疑他小时候是不是吃错了药。医生说，这孩子很正常，他可能缺乏一个学习的榜样。

我觉得医生说得有道理，所以，上包子店就把孙子带上，让他好好学习现成的这两个小榜样。

那天黄昏，孙子放了学，我带他来到包子铺。夫妻俩正踮脚伸胳膊揭屉笼，忙着给人找三个豆沙包子。钳子没夹牢，掉了一个滚地上了。女人不慌不忙地捡起来，顺手递给埋头写作业的女孩，女孩掸了土，掰一半给男孩，两人一张嘴，三口两口就消灭掉了。我看得吃惊，孙子也不含糊，看得一愣一愣的。

这种实地观摩与现场教育很快起到了作用。不说别的，仅仅对比一下两家的条件，孙子就不能不受触动。我家三室两厅两卫，光饭厅都比包子铺大。孙子单独有自己的卧室和书房，学习时肚子饿了，叫喊爷爷奶奶一声，吃的喝的全端上来了。人家不也是个孩子吗？凭什么要吃头遍苦，受那二茬罪？不就是阎王爷没让他们投个好胎吗？身在福中不知福，迟早你是没福可享的！孙子毕竟还懂事，我说什么他都听，不犟。

日子过得真快，一眨眼孙子上了大学。接到大学录取通知书的那天，他一个人去了包子铺。孙子回来告诉我，那两个小家伙也考上了大学，一个浙大，一个武大，比他上的学校名气都大。我说："咋样？这回你该知道什么叫一分耕耘一分收获了吧？"他呛我，说："谁叫你们不卖包子？"

这天，我去包子铺，包子正上气，白花花一门脸水汽，夫妻俩也正歇着活儿。男人抱着一个菜碗大的泥砂壶，咬住指头粗的嘴儿慢慢品茶。女人坐在靠椅上打盹儿。我跟男人聊天，男人刚开口，女人睁开眼，把话茬一下子抢了过去。男人一脸不高兴，说："两个娃儿又不是你一个人生的！"一听这话，我知道他们家的两只金凤凰飞起来了。果然，女人眉飞色舞地告诉我，女儿当上了校学生会主席，儿子发明了无人机上的一个什么专利，再不用他

们月月给寄生活费了。我真替他们高兴，苦尽甜来，夫妻俩的日子总算熬出头了。

后来，不知从什么时候开始，包子铺上午卖一茬包子，下午关门打烊。孙子上了大学，儿子媳妇很少回来，我也就隔三岔五去一回包子铺。让人挺高兴的是，每次去都能发现包子铺的新变化。最先，阁楼上堆得像小山的那些被褥不见了——夫妻俩另租了房到外面去住了，包子铺专门用来做生意。接下来，夫妻俩衣着光鲜了。男人手上的泥砂壶换成拳头大的小嘴儿紫砂壶，一身蓝色工装换成了一身黑色西装，如果打上领带就是一个十足的老板了。女人呢，今天一件低胸透明衫，明天一套橘黄色中长薄纱套裙，从屋里摇曳到屋外，流光溢彩。她还染了一头棕红色头发，顶着一根紫色宽边发箍。不顶真看，真还认不出她来了。鲁迅说豆腐西施，她活脱脱就一个包子西施！我开玩笑说："你们比城里人还要城里人！"夫妻俩张大着嘴直笑，说："哪里！哪里！"

最后一次上包子铺是前天晌午。兴冲冲到店，却发现一把大铁锁冷冰冰地守门。我问隔壁面包坊小老板，小老板老大不高兴，张嘴就来："关了！"

"什么关了？这门不就关着吗？"

"人关了！"

"他们没带钥匙吗？"

"人关进监狱里去啦！"

我大吃一惊："嘿！卖人肉包子啦？"

"聚众赌博！欠下十几万赌债，稀里糊涂给毒枭拉下水啦！"

"这才几天呀！一个甜瓜刚咬上两口，他们就……把自己给弄丢了?!"

"大妈！这不是您们老一辈人常教导我们的吗？人过得苦日子，过不得好日子！唉！这叫犯贱！"

回到家，我还一直唏嘘不已。我更惦记那两个孩子。他们知道自己父母的情况吗？他们以后会咋样？正想着，iPad 上孙子的视频小窗打开了。

孙子兴高采烈地对我说他上电视了。他还在电视上讲了他的两个小榜样——包子铺两个孩子分吃地上包子的故事。孙子说听众很感动，都问包子铺的叔叔阿姨现在怎么样，日子过得幸福吗？我愣了一下，说："他们还好……现在包子铺做大了，门口有两个保安站岗了。"孙子大笑："你真逗！这不是包子铺，这是政府大机关！包子铺开成这样，全世界都没有新闻了！"我本来想说几句带幽默的疯话，却张了张嘴什么也没说。

暖 和

季 明

二瓜摸下山时，天刚蒙蒙亮，正飘着雪。

雪片儿很大，在风中搅动，打得人眼睛痛；风也很寒，把二瓜的脑袋使劲地往破棉袄领口里吹。突然，缩头缩脑的二瓜远远望见一个兵持枪站在路旁，差点儿把他吓趴下了。二瓜猫起腰赶紧闪躲到一棵树后，好一会儿才重新探出脑袋，只见那个兵依然没有动静，于是他才壮起胆子走过去。

这个兵十五六岁的样子，已经死去多时了，严格来说，是在肉搏战中拼刺刀战死的。一把三八大盖的刺刀刺进小兵的胸膛，穿透了，把他钉在身后的树上。而他的手中，依然紧紧地握住自己的中正式步枪，做出格斗状……

二瓜四下里望去，在这个兵的身旁、身后以及更远的地方，横七竖八地躺着许多穿同样军服的士兵的尸体。寒风呼啸，雪花纷飞，他们早已僵硬，悄无声息，只有掠过积雪的风，时不时鼓动着他们的军衣，啪啪作响。

那军衣很单薄，还是夏装。

二瓜所在的村庄叫长冲口，他听人说过，这些兵是广西人。广西那边暖和呀，他们从广西到徐州，又从徐州一路打下来，来到长冲口这里，还没换上冬装，就又和日本鬼子干上了。

长冲口这地方很小，在地图上只是个小黑点儿。长冲口是山地，一条蜿蜒的公路像蛇一样在峡谷里穿行。二瓜知道，从这条公路往西，走上几百里，就是武汉。

这些广西兵跟日本鬼子干仗时，二瓜和村里人都躲进了山里，他们称之为——跑反。这仗一打，就是几天几夜，二瓜他们站在山顶，眺望远处的战火硝烟，特别是在夜间，那炮弹炸出的火光，一闪一亮地映红了半边天。

待枪炮声渐渐稀疏，又冷又饿的二瓜独自摸下山来找吃的。不是二瓜不怕死，而是他的脑袋不灵光。脑袋不灵光，想法就简单，只知道饿了就必须得找东西吃。

二瓜在那个阵亡了的小兵面前站立许久，然后又打量着旷野上那些广西兵的遗体，忽然觉得，这时候，他应该做点儿什么。

二瓜挠了半晌大脑袋瓜才想起，人死了，得收尸。这些广西兵从那么老远的地方来打鬼子，死了，躺在这冰天雪地里，暴尸荒野。山里有成群结队红着眼睛的野狗，还有豺啊狼啊什么的，狗日的野兽，糟蹋人哪。

"人心都是肉长的哩!"二瓜使劲地挠了挠头，自言自语地说。

于是，二瓜开始行动，他把能找到的广西兵们都背到一个山洼里，整齐地摆放好，这里安全，也暖和许多。

这个山洼背风，的确很暖和，单衣薄衫的广西兵们就不会冷。

二瓜最后一个背的，是那个被刺刀钉在树上的小兵。

二瓜来到小兵面前，仔细地打量了一下，突然发现这小兵的年龄和容貌非常像他的小弟。

二瓜的心瞬间被揪了起来，他犹犹豫豫地伸出手，想拔掉那把刺刀，却怕弄痛了小兵。但二瓜不知道，其实他的担心是多么多余。

二瓜试了几次，终于拔掉了刺刀，而手中紧握钢枪的小兵依然挺立在那里，没有倒下。二瓜想拿掉他的枪，但掰了几下，却怎么也掰不开他的手，那枪，仿佛焊在了小兵手中一样。

没办法，二瓜只好连人带枪一起，把小兵背了起来。小兵身材瘦削，趴

人间·陪一只蚂蚁去散步

在二瓜的背上，像一束秋天的芦苇，很轻，这令二瓜异常心酸。

把小兵背到山洼里，这时候的二瓜非常累，他站在那里，左看看右看看，发现这些广西兵大多穿着草鞋，而小兵的脚上却没有，他的草鞋不知丢在了何方。

小兵的双脚已经肿烂，显然是活着的时候就冻坏了。

听老辈人讲，光着脚死去，下辈子会托生转世成乞丐。恍惚间，二瓜觉得躺在那里的，就是自己的小弟，他无论如何也不能容忍自己的小弟来生变成挨饿受冻、露宿荒野的乞丐！

二瓜的脚上穿着一双布棉鞋，虽然有些破，露出了烂棉絮，但还算暖和。于是，他又挠了一会儿头，才脱掉棉鞋，小心翼翼地穿在那个小兵的脚上。做完这些，二瓜撕下两块破布裹住脚，直起腰，四处打量，发现这个山洼在天放晴之后，将会灌满融化的雪水。

恍惚间，二瓜觉得那些融化了的雪水泛着冰冷刺骨的寒气，流进这个山洼，不一会儿，这山洼就变成了池塘，那些广西兵漂起来，无可奈何地浮动着、碰撞着……

一刹那，二瓜的心又揪了起来。

必须让死者入土为安，这是长冲口千年的老规矩。

干这些活儿，赤手空拳可不行，二瓜决定回村里拿些工具。

再说，那么多广西兵的遗体，也必须找些村里人来帮忙才行。

雪，依然在下，积雪越来越深。

二瓜往村里走，脚下响着很急的咯吱声。雪，渗透破布，刺在光脚板上，针扎一样地疼，但二瓜不后悔。

二瓜觉得，只要那双棉鞋穿在小兵的脚上，自己从心里往外，都透着暖和……

低血糖

田 秋

他蹲在卫生间里吭哧吭哧使劲,都快半个小时了,额头上都沁出汗珠来了,却连一线胜利的曙光都未能看到。这时,电话响了,他很不耐烦,一看是小王,嘴角一撇,直接挂掉,然后继续吭哧吭哧地使劲。刚刚有了点儿感觉,手机又响了,他很生气,又想直接挂掉,但目光一触到手机屏幕,就好似被烫着一样,赶紧在脸上挤出谦卑的笑容,然后小心翼翼地接了起来,细声细气,毕恭毕敬。是李副局长,叫他立刻去办公室研究汇报材料。他赶紧提上裤子,走出了卫生间。

他患有严重便秘,已经三天未能解下大便了。有两次,眼看就要大功告成了,却被李副局长的电话叫走,研究汇报材料。

他主持所在部门工作将近一年,还没正儿八经地给局领导们汇报过一次工作。明天上午开局长办公会,听取他所在部门的工作汇报。他正想利用这个机会,好好地露上一脸,好好秀一秀自己的才华,力争实现"转正"。最近局里正在研究干部调整事宜,正是关键时刻。他干副职都快十年了,很多比他年轻、资历比他浅的副职早就把那个副字给抹掉了,可他还拖着这条难看的尾巴。而且,他也是四十大几的人了,留给他的机会实在不多了。

为了这份材料,处里的同志可费劲了,光小王他们就弄了近半个月,经

125

常加班加点。他也费老劲了，最近这一周就熬了三四个通宵，眼睛都熬红了。李副局长也高度重视，多次亲自调度。汇报定在明天上午十点。

然而，这天上午一上班，他就听到了一个很不好的消息：新处长人选已定，不日即将上任。这无异于晴天霹雳，他顿时就蔫了。那股精气神一泄，便秘的厉害就显出来了。他感到小腹鼓胀，下体坠胀，难受至极，赶紧来到卫生间，吭哧吭哧地使劲。不知不觉，快十点了，这时，他才刚刚找到一点儿感觉。就在他预感即将大功告成的时候，电话响了，一看是李副局长。他犹豫了一下，没接。过了一大会儿，他上下通畅、浑身轻松地走出了卫生间。一回到办公室，立马想起了汇报工作的事情，心中一惊，出了一身冷汗，赶紧拿上汇报材料，一路小跑赶到会议室。然而，会议室空无一人，看来会议已经结束了。他的心顿时拔凉拔凉的：敢涮局长们玩？自己这是老鼠舔了猫腚眼——大了胆了！突然，他又想到一个更为严重的问题：眼下正是干部调整的敏感时期，自己主持工作却未能如愿转正，从领导到同事，那么多双眼睛正在盯着自己，等着看自己的表现，而自己的表现又怎么样呢？在外人看来，自己这是不是不服气，是在向局领导叫板呢？心中又是一惊，身上又出了一身冷汗。

怎么办呢？怎么办呢？他心急如焚，在办公室里来回走动，像一只被困在捕鼠箱里的老鼠。突然，他瞥见了书橱里的那方砚台。那是他前一阵子练习书法用的，自从主持工作以来，就没再用过。他犹豫了一小会儿，然后拿出砚台，照着自己的后脑勺就是一下子，力道没控制好，差点儿把自己拍晕了。

数分钟后，他站在了李副局长办公室门前。由于过度紧张，心怦怦直跳。略微平复了一下情绪，他敲门后走了进去。一进门，他就点头哈腰，一个劲地道歉："唉，李局长，真是对不起啊。刚才在办公室里低血糖晕过去了，摔了一跤，差点儿把头给摔破了。这不，刚刚醒过来。爬起来一看手机，有一个您的未接来电，心想坏事了，准是汇报工作的事情，拿起汇报材料就往会议室跑,等跑到会议室才发现会已经开完了。您看,这事闹的,早不低血糖晚不低血糖,偏偏赶了这么个节骨眼儿,耽误了局里工作,浪费了局领导的宝贵时间,真是给您丢脸了。我请求组织处分我吧。"说着说着,他都快哭了。

李副局长站起来,看了看他的脑袋,发现后脑勺上有一个包,都快赶上鸡蛋大了,很关心地拍了拍他的肩膀,说:"哎哟,摔得还真不轻,现在没事了吧?以后得小心。不用紧张,没耽误什么事。刚才我打电话给你,是想跟你说一声,汇报临时取消了,等新处长上任后再汇报。"

他悬着的心终于落回了肚子,酸甜苦辣咸诸般滋味却涌了上来,头也开始疼了,火辣辣的……

乡下文人

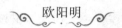

欧阳明

　　小时候,老家有两个文人。20 世纪 60 年代,农村的中年人能识字的都很少,文人就更不必说了。很多村一千多口人,连一个文人都没有。我们队几十号人,竟有两个,算是奇迹了。

　　我说的文人不是上过几天扫盲班识得几个字那种,是懂得古典诗词,可以吟诗作对,写得一手漂亮毛笔字的文人。

　　两个文人一个叫相府丞,一个叫欧治安,名字就很有文化味儿。不像其他的人,如李开财、向有田、欧开地之类的,不是一股钱味儿就是一股泥巴味儿,一听就是个大老粗。

　　二人文化何来? 至今已无人知道。府丞家有三兄弟,其他两个连自己的名字都不会写。治安少小离家,小时候也不识字。

　　府丞和治安都能吟诗作对,都写得一手漂亮的毛笔字。但府丞除了过年写写春联,很少写字,只喜欢讲故事,什么盘古开天地呀,封神榜三国水浒呀,讲得绘声绘色。治安寡言少语,主要是写,春节写春联,平常主要写祭文。

　　奇怪的是,两个文人的老婆都是文盲,斗大的字不识一个。但在我的记忆中,他们家从来没吵过架,不像其他的家庭,三天一小吵,五天一大吵,仇人似的。难道真的女子无才便是德？

　　府丞虽是农民，但穿着却像书生，一天到晚，衣服干干净净的，大热天，衣服的扣子一颗不落地扣着，也从不挽袖子。由于他身材单薄，没什么力气，队长不安排他干担抬之类的重活儿，基本上是和妇女孩子一起劳动。当然工分也给得低，最多和妇女一样。府丞不仅给大人讲故事，也给小孩子们讲。每到夏天，孩子们都会跟着他去棉花地里捉虫子。一到太阳开始灼人了，他就叫大家坐到树荫下，开始讲故事。我后来喜欢看小说，也许是受了他的影响。他一讲故事，就忘了干活儿，不知不觉就到了中午，直到肚子咕噜咕噜叫唤了，才抬起头看看天，说，罢了，罢了，害人又害己啦。捉虫是按捉到的虫子条数计工分的，自然大家挣不到什么工分，但孩子们都不怨他，巴不得他继续讲。可他说，回了回了，明天再讲吧。

　　治安从不参加劳动，因为他只有一条腿，行动不便。另一条腿怎么掉的，他从不说，也没人知道，分粮全靠老婆挣的那点儿工分。但他也不是只靠老婆养活，还靠写祭文。在老家，人死了都得写祭文，还要在下棺时吟诵。他写的祭文情真意切，远近闻名，而且只有他吟诵出来才能催人泪下。每个月，都有人抬着滑竿上门来请他。每次，主人家都会好酒好菜地招待他，临走了，还会给点儿小钱。一次，队长的老母亲走了。队长觉得给钱请他没面子，不给又怕别人说小气，就叫侄儿写。侄儿只读过初中，不知道什么叫祭文，写不来。队长无法，不得不请治安写。祭文历数了队长老母亲起早贪黑养育儿女的艰辛和儿女大了该享福了却遭遇疾病的不幸故事，由治安拖腔拖调地吟诵出来，在场的人无不泪流满面。事后，治安没有收队长一分钱，连饭也没吃一口。队长很感激，每当安排活儿的时候，总是给他老婆一些照顾。

　　上初一那年，父亲叫我拜治安为师，学写祭文。我死活不干。父亲很生气。治安说，新社会，移风易俗，老的一套也不会长久，没必要学。

　　府丞不仅穿着讲究，白天手里还始终拿着一本书。封面是牛皮纸的，磨

得有些发毛了。据说，晚上他也书不离手。他原来有很多书，破四旧时被收了，只剩下这么一本。有人和他开玩笑，趁他不注意的时候夺他的书，可手还没到，他早就把书塞衣服里了，动作极快。"老相，书里面有女人没，拿几个出来我们看看。"大家笑着说。府丞不回答，自个儿走到一边去了。

对府丞的死，至今还是两种说法。一是自己跳的崖，二是不小心滑下去的。不管怎么死的，原因却很清楚，是有人不满他不干重活儿，揭发他看反动书籍。

工作组来收府丞书的时候，他紧紧抱住不放。最后是几个人把他按在地上，强行掰开他的手，才抢了过去。工作组翻开书看了看，并没对他采取什么措施，走时对队长说，劳动面前人人平等，尤其是对读书人，要加强劳动锻炼。队长不敢再给他派面子活儿。一次在送公粮的途中，不知什么原因，他连人带挑子落下了悬崖。

治安是病死的。死前，就把他和老婆的坟都修好了，是连体坟，男左女右连在一起。他死后，省城来了一大帮人。是他的前妻和儿女。原来，治安出去后参了军，还混了个军官，讨了个富家千金。他先打小日本，后打内战。后来军队节节败退，他怕被抓去枪毙，便逃回老家，娶了一个没有生育能力的女人。儿女们好像对他没什么感情，在他下葬的时候，个个面无悲情。只有前妻哭得死去活来。

治安死的时候，没有祭文。自他死了之后，老家死了人也不再吟诵祭文，因为没有人会写了。

府丞死后，队长的侄儿无意中发现了那本被工作组没收的书。打开一看，竟一个字都没有。"他是装读书人呢。"侄儿说。队长眼一鼓，说："亏你还读了几天书，那是无字天书，人家墨水在肚子里头，你懂个屁！"

伞

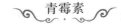

青霉素

天灰蒙蒙的,像一块没拧干的湿抹布。

要下雨了。云苓想。云苓一开始站在大路边的树下,后来站累了就围着树转动。这是一棵很大的梧桐树,树冠如伞。现在她想坐下,树下的这条石凳,让她麻木的腿失去了耐性。

怀里的孩子睡得很熟,孩子有三个月大,均匀的呼吸让鼻翼轻轻翕动。孩子两腮的酡红让云苓心里隐隐不安,她知道这是药物的反应。她不想再看孩子的脸,抬头看那条小路,并向小路的尽头瞭望,但小路在远处的山上拐了一个弯就不见了,她心里就空空的。

云苓还有一年就大学毕业了,她想在这个暑假里找到一个工作,苦点儿累点儿无所谓,只要能赚到钱,她的学费家里已无力负担。假期过去三分之一了,工作还没着落,急得嘴唇起火泡,就在这个时候遇到了表哥二木。

"跟我去一趟吧,我也是帮朋友的忙,一个男人抱着孩子不方便。"二木说,"回来后,你下年的学费我包啦!"

云苓踌躇了很久,她知道不能答应,也知道自己急需钱,但还是答应了。她想就是现在找到工作,下年的学费也赚不够了。

"就这一次。"云苓说,"你可不要害我!"

二木一笑,点点头没说话。二木的笑让她心里很不是滋味儿,有种上了贼船的感觉。

她和二木坐了一天火车,又坐了半天汽车才来到这里,在这个路边下车后,她没看到人也没有看到村子,只有大路边岔出的一条小道弯弯曲曲地消失在山那边。

"你抱着孩子在这里等一下。"下车后二木指着梧桐树对她说,"我先去山里找人,先前虽然说好了,但也要小心为上,我们千里迢迢的容易吗?"二木走了几步又回来,说:"要是有人问起,你就说来走亲戚的,不要多说话。"

云苓等了已有两个小时,她一会儿看看手表一会儿又看看天,太阳不知在哪里。一阵山风吹来,她竟感到一阵寒意,一种被遗弃的心慌让她坐立不安。孩子总是很安静,安静得让她害怕,有一阵她以为孩子没了呼吸,慌忙去查看孩子的鼻翼,还好,孩子的鼻翼正均匀地翕动。孩子睡得很熟,像做了一个好梦,嘴角一动脸上还有了笑意。云苓不敢再看孩子,心里酸酸的。

在车上二木怕孩子哭,多次给孩子喂他配好的奶水,孩子就一直在睡。现在她盼着孩子醒过来,最好哭起来,可是她失望了。

路上没有行人,偶尔有一辆车一闪而过。

云苓忽然听到啪啪声,下雨了,雨滴落在树叶上。云苓再一次望向小道的尽头,山在小道的拐弯处狠狠地折断她的目光。她越来越觉着不该来,不该相信表哥二木。她的心一直悬着,一阵山风都能让她恐慌不安。

雨滴落在路面上,越来越多,路面很快湿了。站在树下的云苓身上没有雨水,但越来越急的啪啪声,让她心乱如麻,下意识地她一只手把孩子抱得更紧,另一只手挡在孩子的头上。

一辆车疾驰而过,又在前面急急地刹住车退了回来,车退到云苓身边,一张脸探出车窗,问:"去哪儿?捎着你们。"

"不,不用,我等人。"云苓慌忙说。

车往前开了一段又停下,车窗里扔出一把伞,车里人说:"别淋着孩子!"

说着车就走远了。

云苓愣了一阵,走过去拾起伞罩住孩子。雨大了,树叶子已经挡不住,伞罩住了孩子,云苓的衣服很快就湿了。

又一辆车过来,在云苓身旁放慢速度。云苓低下头,不看他们,车走了。

雨雾中,山和路都变得一片迷蒙,悔恨和委屈笼罩着云苓,她突然想回家。

不知过了多久,远远地又一辆车迎面开过来,怀里的孩子哇的一声哭了,云苓吓了一跳,孩子的哭声被雨水淋得湿漉漉的。

车近了云苓急忙举起手。

坐在车里,听着外面哗哗的雨声,云苓觉着像走进一个新的世界,一个让她和孩子安全的地方。

"你们去哪儿?"司机问。

"前面的镇子。"云苓说。

"镇子哪里?"司机又问。

沉默一阵,云苓说:"派出所。"

司机看了她和孩子一眼,不再说话。

逝去的屋檐

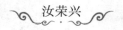

汝荣兴

直觉告诉我：我已经来到了自己出生地的上空！

于是，怀着一种抑制不住的兴奋和激动，我斜着双翅，先是在空中愉快地盘旋一圈，然后将被人称作剪刀的尾巴轻灵地一转，便一边默念着"到家啦！我终于到家啦"，一边开始俯身朝下滑翔……

但是，渐渐扑入我视野的，却全然不是我记忆中的景物！

咦，那个孕育了我生命的屋檐呢？莫不是我产生了错觉，所以偏离了方向，飞错了地方？

不，不会的，要是我们燕子会飞偏方向找不到自己的出生地，那我们就不叫燕子了！

此刻，我的翅膀差不多已碰着那些屋顶了——这究竟是怎么回事呢？记忆中的屋顶绝没有这么高呀；更奇怪的是，记忆中的那些高过屋顶的树，那些枝繁叶茂又随处可见的树，都到哪儿去了呢？

我记得清清楚楚，那个属于我的屋檐虽算不上高大敞亮，可面前有着一棵连最小的叶片都要比我的翅膀宽阔的百年银杏呢！是啊，我记忆中的屋檐分明没有这鳞次栉比的楼群相伴，周围也只有悠扬的蛙鸣，而不是现在这般嘈杂的车辆和机器的轰鸣呀！

正当我疑惑得不知所措的时候,我的眼前忽然出现了一个十分熟悉的身影——嗨,这走起路来一蹦一跳,并且总是边蹦跳边抬头看天的小男孩,那不就是属于我的那个屋檐的小主人盼盼吗?没错,尽管他长高了许多,身上的衣服也不再邋里邋遢的了,而且嘴里啃着的已是火腿肠而不是胡萝卜,可他那模样,我是想忘都忘不掉的呀……

说起来,盼盼那边蹦跳边抬头看天空的习惯,其实还是因为他喜欢看屋檐上的我才养成的呢。没错,我们不仅称得上是相当亲密又相当真诚的朋友,他同时还是我的救命恩人——记得我出壳不久的一天,由于老不见外出找食的父母回窝,饿急了的我便扑棱着刚开始长羽毛的翅膀爬上窝沿,结果一头栽到了地上,要不是盼盼及时地将我捧进手心,又及时地让他父亲搬来梯子将我送回窝,我这条小命怕早就完了……

想到这里,我就忍不住在心里大叫了一声"盼盼",接着,我便紧盯着盼盼的身影——找到了盼盼,有了盼盼还怕找不到我的生命屋檐吗?

盼盼走进了楼群中的一幢,然后,在那幢楼十二层的一个封有茶色玻璃的阳台上,探出了头。紧接着,盼盼便看见了我并似乎也认出了我,就冲我又是挥手又是大叫起来:"燕子! 燕子回来啦! 燕子你快来我家做窝呀!"

此刻,我是百分之百地确定这儿是我的出生地了! 只是,那屋檐,那属于我的屋檐,为什么要用封着玻璃的阳台代替呢?

当然,对于盼盼的呼唤,我是立即做出了回应:盼盼,是我——是我回来了! 我一定还会在你家做窝的! 虽然你家已不再有屋檐,但我会有办法在你家的阳台上做窝的! 而且,我还要在这儿养育我的后代,并让它们做你的新朋友!

在盼盼眼前盘旋几圈又轻快愉悦地唧啾几声后,我便暂时离开了盼盼——按父母的教导,我要寻找那散发着土地所特有的幽香的水田,然后从那儿一口一口衔来湿润、清新又温馨的泥巴,做一个既结实又漂亮的家……

人间·陪一只蚂蚁去散步

135

　　然而,我飞呀飞,找呀找,飞呀飞,找呀找,却始终是除了高大的楼房还是高大的楼房,除了干硬的水泥路还是干硬的水泥路,好不容易见着了一块没楼也没路的地方,当我准备收缩双翅落地时,却发现那儿丛生的杂草早已将泥土严严实实地覆盖,而这丛生的杂草中,又醒目地竖着一块铁牌牌……

　　哦哦,盼盼,我的朋友和恩人,请你告诉我——我该去哪里才能找到那湿润、清新又温馨的泥巴呢?

　　哦哦,盼盼,我的朋友和恩人,请你告诉我——难道那个曾经属于我的屋檐,真的就这样永远地逝去了吗……

　　我忽然有种人们常说的想哭的感觉。

口 红

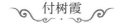

付树霞

男友,不,前男友两分钟前在微信中跟我说,分手吧,然后发了一个挥手的表情。呵呵,被甩了。我发了个问号表情追问。

前男友没理,我又连发了三个问号表情。估计是我穷"问"不舍,不回答誓不罢休的架势吓到了前男友,他说:"一你不是独女,二你妈患有糖尿病。不是独女,意味着将来会有人来和你争夺财产。近亲有某种疾病,意味着你可能会被遗传。"这些可预见性的风险,结束了我的爱情。

下班的路上,看到一家化妆品专卖店开业。鞭炮齐鸣,彩带飘飘。导购小姐向路人甲路人乙热情洋溢地介绍着产品强大的功效,路人冷漠地继续走自己的路。而我竟然做出了与路人不一样的举动,任性地冲进了专卖店。我不仅惊呆了自己,也惊呆了导购小姐。当然,这年代任性是要付出代价的。瞬间,我就被热情裹挟。看,有人弃你似草,有人待你如宝。虽然,我在他们眼中的价值是一样的。

我决定买一管口红,一管玫红色的口红。因为玫红色很衬我白皙的皮肤。付出半个月工资的代价,我终于心情美好得如同那管玫红色的口红了。然后,我潇洒地走出了专卖店。

转天,我把那管能带给我美好心情的口红束之高阁了。之所以要束之

高阁,都赖我妈。说到这儿,得要介绍一下我的职业了。本人新晋教师一个。从我上高中开始,我那彪悍的妈就开始叨叨,整天说:"你看你,这么单纯的人,适合去的地儿也就是学校了。闺女,学校好啊。"

三天一大顿、两天一小顿的叨叨,让我产生了一种错觉,只有听老妈的话,将来才会有肉吃。于是,我义无反顾地投入了教师队伍。

没入围城,想冲进围城。进了围城,却失去了冲出围城的勇气。

你说,这个职业,是不是让我那昂贵的口红没了用武之地?

上课时,不知是不是感染了导购小姐的热情,我热情洋溢地向学生兜售着知识。无奈他们太傲娇,这注定只是我一个人的独角戏。也是,这是一个有问题找百度的时代,怪不得谁。

利用学生午休,德育主任开了个三十分钟的短会。连连走神的我,其实一直在琢磨一个难解的问题,为什么学生可以有午休,教师却没有呢?好在即使走神,我也领会了会议精神。本地某知名企业要资助家境困难的学生一笔爱心助学金。虽然我是一名新晋教师,但我也知道这是好事呀。不知会给我们班几个资助名额。我两眼亮晶晶地盯住德育主任,不敢走神儿,生怕漏听了什么。可其他班主任老师怎么都一副无所谓的样子,打不起精神。虽有疑问,但秉承有问题自个解决的校风,我压下了心头疑惑。

曾经,我是一名领过助学金的学生。那时,父亲生了一场大病。全家仅靠妈妈给人编手工品过活,班主任老师知道我家里的情况后,为我争取到了助学金。那时的我,不但不领老师的情,反而怪老师多事。当然,我的那点儿自尊心在现实面前根本不堪一击。

该如何跟学生提助学金的事,这让我犯了难。经验告诉我,这样的学生自尊心极强。我想保护好他们的自尊心。我知道我的理想主义思想又膨胀了。

我不想把学生的家庭状况弄得人尽皆知。我认为这是隐私,要保护。我悄悄找到那两个孩子,单独谈心,告知他们助学金的事情。可两个孩子淡

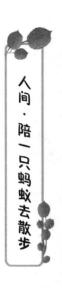

漠的神情,让我慌了神。怎么跟我预想的有点儿不一样啊。也许是因为现在的孩子吃过的盐,比我那时走过的路多。

转天,我收到了将近二十份助学金申请书,这还不算现在正围着我打听这事的。我不断解释,名额有限。再说,很多同学根本不需要助学金,把机会让给需要的同学,不好吗?

老师,您怎么知道谁需要谁不需要?您判断的标准是不是应该公布一下,这事可不能暗箱操作呀。

这点儿事沸沸扬扬地闹了近一星期,最后所有申请者在班会课上,陈述理由,投票决定。没出意外,给同学买礼物最多者胜出。

这件事的发展和我的爱情一样出乎我的意料。夜半辗转反侧之际,我忽然想到我还有一管玫红色的口红。

冬　夜

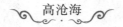

高沧海

　　康麻子来提亲,康麻子看中了我三姐。

　　两床红缎子被面,一匹蓝平纹棉布,重要的是,康麻子找人背来一袋面。天爷呀,那可是精打细作的一袋面,不掺麸皮不掺糠的一袋白面呀。爹用手指肚儿捻着白面说:"皇帝佬儿吃啥,咱吃啥哩!"

　　娘抱着棉布抽抽搭搭地哭了,在她有限的关于布料的记忆中,她所能拥有的布从来都不是以这种奢侈样子出现。去年,娘家兄弟娶儿媳妇,她偷偷裁了二尺半的确良,给自己做件新衣裳,在娘家人面前不能太寒酸,多少也要体面一些。吃酒回来,爹脱下脚上的鞋,用鞋底狠狠地教训了她一顿,口口声声地说:"败家娘们呀,老李家,家门不幸!"

　　抿过二两小酒的爹乜斜着娘,乜斜着那卷布,他说:"败家娘们,可劲号!"

　　娘号啕大哭,哭过后,不知哪来的胆量,她竟然把爹的酒杯丢地面上,还一脚踢到墙旮旯儿,她说她要一下做两身新衣裳,谁也管不着。爹撅腚拱腰地把酒杯掏出来,用袖子擦擦。天爷呀,爹竟然在笑,他竟然如此无视娘的无礼和败家,而不是像原来那样欺身上去劈头盖脸地揍一顿。

　　爹从村东到村西穿街而过,他说:"看看今儿冰冻封住河没有。"他又从

村西到村东迂回而来，听说有三只狗在村东树林里打架。爹像一条鱼。娘说。爹把身上的鱼鳞来来回回都蹭掉了。

爹的心思，估计就连家里的狗都明白，只是狗不会像人那样吹捧爹："老李呀，赚了个有钱女婿，恭喜，恭喜！"

爹做梦都双手抱拳说："同喜，同喜！"

爹已经完全以康麻子的老丈人自居了。

至此，三姐将来要嫁给康麻子，是铁板上钉钉，铁打的事实。

但是三姐不同意，她把被面扔到娘身上，说谁爱嫁谁嫁！

爹把桌子拍得山响，他舔酒的三钱小酒盅都从桌子上跳起来。爹说："反了！"三姐要出去，爹说："锁起来！"

爹说："捎信给康家，过年节礼跟上轿衣一起送。定喜日，年前接人。"

爹又交代娘："咱也不能作践自己，便宜了康家是不是？跟媒人说，咱厚道，康家来礼，也要厚道，厚实！"

三姐被锁在西厢房里，我从窗棂里看，三姐说："七弟，你还记得张生吗？"我当然记得张生，夏天里我跟三姐割猪草，张生还往三姐的筐里扔写字

的纸,三姐就像吃了糖。

三姐让我告诉张生,来救她。我说:"张生早就来了,天天在咱家后面转悠,被爹拿铁锹打跑好几回了。"

腊月十六,康麻子来送礼,爹把西厢房的锁去掉,叮嘱我看好三姐,等夜里客走了给我吃鱼吃肉。康家彩礼肩挑手拎,果然厚实,爹高兴,把三钱小酒盅换成了一两一个的,从日晌喝到天黑,滋溜滋溜痛快淋漓,喝到脚下无根,脑壳跌破了鲜血直流。爹还唱:"好年景了,骡子马子一大天井了。"

三姐问我:"七弟,张生还在外头吗?"我说:"在外头。"

三姐说她去看看张生,三姐跟我拉钩,说一会儿就回。我说好。

三姐抱住张生,三姐哭着说她不嫁那个麻子。

张生说:"我带你走。"

三姐挥手对我说:"七弟,自己好好回家。"

我正发呆,娘出现了,娘说:"妮,先别走。"

月亮亮堂堂地照着娘的新衣裳,蓝棉布的新褂子新裤子,蓝棉布的新鞋面,康麻子是贵客,贵客上门,娘自然要表现得体面,这种从头到脚的光鲜,甚至百年都难得有一回,谁叫贵客是康麻子呢,有钱的康麻子,富贵的康麻子,百里挑一万里挑一的康麻子,跟咱是一家人。

娘捂着脸蹲下:"康家的面,咱吃了,康家的布,咱穿了,康家的钱,咱花了,咱家落下的饥荒,康家替咱扛了……妮,爹娘老了,只有你七弟这一根男苗,康家的债,你忍心他替你还?"

三姐看一眼张生,寒夜霜重,风冷心凉,他衣衫单薄,瑟瑟发抖,三姐一阵哽咽。

她给张生整一整衣衫,理一理头发,三姐说:"回吧,回去找个好女子成家。"

腊月二十六,美丽的三姐嫁给了很老的、跟我爹一般老的康麻子,1977年那冬夜的凛冽,她留给了自己。

狗不叫

朱瑾洁

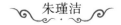

收完秋,耕好地,麦子得过几天才能耩。因为今年闰九月,节气往后推了几天,家里一时半会儿也就没有啥忙活的。这天,吃晌午饭时,妻子对朱散说:"今早赵三带四五个。"朱散问:"上哪儿?"妻子说:"我怎么听说他们上南方呢。"

朱散把碗往前一推,用手抹抹嘴说:"你咋不早说? 我也跟去啊。"妻子说:"你不是在青岛干得好好的吗?"朱散说:"好是好,就是工钱都拖欠着。"妻子说:"那也得干啊,你整年还没要呢。"朱散说:"老板太黑!"说着站起身,双手朝后腰一绞,就往外走,前脚刚迈出门,似乎想起啥,又转身对着妻子说:"得先要拖着的钱。"妻子头也不抬说:"你哪会儿走?"朱散走老远,才对妻子说:"我到街一趟。"

傍晚朱散才回来,妻子有点儿生气地叨叨朱散:"你咋才回来?"朱散说:"我心里尽是事,谁想在街头碰见初中同学王五了,非拉我到他那坐会儿。乖乖,人家的办公室就是气派,有咱三间屋大。"妻子往瓷缸里倒了开水,笑着递给朱散问:"你同学干啥的?""乡长呗!"朱散很神气地扭头说,"他想让我参加选举。"

妻子咂咂嘴说:"我说黄鼠狼给鸡拜年,平白无故不会跟你唠嗑吧。"又

神神秘秘地凑近朱散问："拉选票，他给你多少好处？"朱散没再看妻子的表情，自顾自说："估计这次不会少掏。"说到这儿，转过身严肃地看着妻子说："家里还有多少钱？你给我拿点儿。"

妻子把嘴一撇，顿了一下说："打工年把没带来钱，咋我还得倒贴？"朱散见妻子没动，还说风凉话，心有点儿急，但嘴里却没有显现，淡淡地说："看来没戏喽，咱当不了官。"妻子一听朱散话里有话，自然软了，赶紧问朱散："真的假的，你要当官，当啥官？"

朱散笑笑说："还能啥官，村主任呗。"妻子眯眼一笑说："你同学安排你的？"朱散掏出一支烟，在屋门口马扎上坐下，妻子赶紧给点了。朱散美美吸了起来，开始悠然自得地在烟雾里画着圆圈。

天渐渐暗了下来，妻子有些焦急地催着朱散，同时掂掂方便袋装的鸡腿，满眼疑惑地看着朱散说："咱就送这？"朱散接过袋子，抖了两下说："这就不错了。"朱散走出老远，妻子又气喘吁吁地追来，把一卷钱塞进朱散兜里，叮嘱道："到小卖铺再买些啥，咱可不能寒碜。"朱散嘿嘿一笑，心里暗喜，至少三个月不用攒钱了。

等看不见妻子的影子，朱散一扭身，钻进了一条胡同，直奔老主任家而去。朱散走得有点儿慢，他知道不能快，村里的狗实在多，特别是在这黑灯瞎火的夜晚，搞不好，一个扑闪，也不知谁家的狗就咬你一口。这不，朱散刚上岔道，老主任那只黝黑发亮的大狼狗就汪的一声扑了过来，朱散赶忙把手里握着的鸡腿抛过去，狼狗张口接住，顾不得咬人了，嘎吱嘎吱嚼起了鸡腿。朱散刚进老主任的门，后面顿时狗吠四起，先是没吃足的狼狗叫，后是四邻的狗掺和着叫，进而全村狗都在汪汪。等朱散从老主任家出来，四周圈村庄的狗都已叫唤了起来，此起彼伏，水波浪般，在寂静的村子上空迅速荡漾。

朱散赶紧再掏出一个鸡腿，扔给正对他摇着尾巴的狼狗，狼狗不叫了。不多会儿，四邻的狗也不叫了。个把小时后，整个村的狗都消停了下来，都在抱着朱散扔给的鸡腿，咀嚼着，美滋滋地吞咽着。

第二天,朱散如法抛掷鸡腿,村里约有七成的狗还汪汪叫,第三天照样,但叫的狗不足三成了,等第六天,朱散再让妻子去买鸡腿,妻子有点儿纳闷地问:"他家这么喜欢吃鸡腿?"朱散也懒得回答,妻子虽然不想去,但粗略一算,一晚上也就三四斤,花不了几个钱,也就把满腔的不乐意就着唾沫强行咽了下去。晚上,朱散提着鸡腿再上哪家,还没扔鸡腿,狗已摇着尾巴在前迎接呢,把他当成自家人了。

当然了,朱散也不外,可打此后,上谁家去,就再也不用事先抛扔鸡腿了。随后,朱散隔三岔五地进村民家串门,本分的就拉拉家常,遇到滑头的,朱散也会云山雾罩地侃。渐渐地,朱散在九成的村民心里有了位置。

转眼到了选举日,唱票结果,朱散高票当选。朱散自然喜上眉梢,心里盘算着怎样才能让村民发家致富。心里想着,拔脚就往家走,骑车到乡里找王五乡长,让他帮着给谋划谋划。可还没到家,县里就来人了,说核实他贿选的事。

调查结果很快出来,选举朱散是民心所向。你想想,像朱散这个常年在外打工的人,进村民家,狗都不叫,能不亲民吗?更可气的是,调查组也摸到了另外两个候选人瘸腿的实情,是选举前天晚上提着东西上村民家被狗咬的。

父亲的麦粒

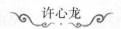
许心龙

　　那年夏天的一天，偏西的太阳热劲儿刚弱下来，父亲将饭碗一推，抹把汗，就喊娘到场里收麦子。凌乱的麦秸屑亲切地附在父亲泛黄的短发里。一晃，父亲在打麦场上忙活了半月多，该颗粒归仓了。

　　父亲和我娘我哥齐上阵，摊开的一大场麦子很快变成一堆小麦山。麦山按捺不住地弥漫着麦香的热气。我娘拢了拢湿漉漉的乱发，瞅着麦山，脸上露出了劳作后的笑容。

　　这时，父亲伸出左手弯腰抓起一把温热的麦子，用力握了一下，伸开手掌盯了一会儿，又用右手食指来回划拉几下。

　　"干透了吧？"我娘问道。

　　父亲没有搭腔，而是拈起几粒麦子准确无误地投入口中。随着颚骨的上下移动，父亲嘴里发出了清晰的嘎嘣嘎嘣的脆响。

　　"我要的就是麦粒嚼在嘴里的嘎嘣脆响！"父亲不容置疑地说。

　　"装麦！"父亲将军般地命令。面对饱满的麦子，父亲的精气神儿也是永远饱满的。

　　"麦收恁爹看得最重。"我娘边往簸箕里搂麦边说，"自从跟恁奶奶分家另过，年年都是这样。"

"麦子晒干了,不会生虫。"父亲边扎袋口边说,"交公粮时心里也踏实。"

"我说多少遍了,从今年起,不再交公粮啦。"我强调说。

"你以为你是皇上,说免皇粮就免了?"父亲头也不抬,接话道。其实,父亲很为我这个师范毕业执了教鞭的儿子骄傲。

我娘不置可否地笑笑,那意思是责怪我想得倒美。

我望望仅会歪歪扭扭地写出自己名字的二老,无语了。无知者无过,只是后来我才知道,父亲是想借这年的饱满麦子,好好出一口上年在乡粮站交公粮时受的恶气。上年排队交公粮时,有人趁父亲去厕所,把一袋掺有土坷垃秕子麦调换给了父亲。面对土坷垃秕子麦,父亲即使有一百张嘴也说不清。他因此受到了大喇叭的广播批评。受了奇耻大辱的父亲回来就找村长申冤。村长笑笑,拍拍父亲的瘦肩膀,说:"公粮交掉不就好了,再争论还有意思吗?"父亲叹一声,气得夜饭也没吃就蒙头睡了。睡梦中,父亲还说梦话连连喊:"那不是我的麦子! 那不是我的麦子!"

十多袋麦子规矩地躺在了架子车上。父亲还跟往年一样,要提前一晚上去乡粮站排队。我娘准备好的有葱花面饼,还有过夜的铺盖。

这时,我看到村长朝我们的麦场走来。我忙向村长招手。村长不会不知道政策,这回我看愚顽的父亲还有什么话可说。我长出了一口气。

"老陆,今年麦子咋样?"村长走近了,瞅着父亲问道。

"亩产一千一二百斤吧。"父亲笑答,说着就解开一袋麦子,抓出一把,"来,村长你看看。"

村长探头看看父亲手里的麦子,点点头。

"嘎嘣响呢!"父亲说着就拈起几粒麦子投入口中。很快,嘎嘣嘎嘣的响声就从父亲嘴里传出。我看到父亲咀嚼得很卖力很幸福。父亲的那嘴钢牙好像就是为了麦粒生长的。最终父亲很满足地咽下那口麦面,说:"村长,我再打开一袋你看看吧。"

"不必了。你呀,就跟这麦粒一样瓷实。"村长再次点点头,说,"村里最

过硬的,就是老陆了。"

"用这样的麦子交公粮,没问题吧?"父亲胸有成竹地问道。

"交啥公粮?"村长一愣,望我一眼,恍然明白了什么,笑道,"呵呵,你交公粮交上瘾了吧? 你不知道公粮免征了吗?"

父亲呆若木鸡。无疑,村长的一番话在父亲看来显得惊天动地。

"老陆,不交皇粮就违法的时代过去啦!"与父亲年龄相仿的村长显然也很激动。

"村长,你可不敢开这样的玩笑呀!"父亲盯着村长,小心地说。

"连我的话你也不信? 电视上都播放了呢!"村长拍拍父亲的瘦肩膀,一本正经地说,"老陆,对去年交公粮的事还放不下吧?"

"我真咽不下这口气。"父亲哽咽着说,"我的麦子粒粒嘎嘣脆响,交恁些年公粮了从没有过二样的。"

"老陆,别恁较真了,都过去了。"村长安慰道。

"看看我的麦子哪粒不嘎嘣脆响?"父亲执拗地说,"那袋土坷垃秕子麦,打人的脸呀!"

"好了,别伤心了。"村长再次拍拍父亲的肩膀,说,"你就用这车麦子卖了钱买辆三轮车吧,也一把年纪了,该省点儿力气了。"

"听村长的,买辆三轮车吧。"我娘忙说。我娘望村长一眼,继续说,"没见过恁一根筋的,弄啥事就怕别人吃了亏。"

"呵呵,谁不知道老陆!"村长笑说,"我说老陆呀,这就是变迁,可不能坐在福中不知福。"

父亲一屁股坐在了车尾的麦袋子上,右手不停地一下一下捶着鼓鼓的麦袋子。

我娘叹一声,偎坐在父亲的身旁。

我知道看电视怕费电的父亲封闭了自己。父亲有的就是力气,无须花钱的取之不竭的力气。

晚饭时,父亲破例喝了二两小酒,早早地睡了。半夜里,父亲的高声喊叫把我惊醒。父亲喊道:"那不是我的麦子! 那不是我的麦子!"我娘摇摇头,轻推了父亲一把。父亲翻翻身,呼噜声再次响起。

…………

如今,年迈的父亲嘴里没有了牙齿,我就再也听不到父亲嚼麦粒时发出的嘎嘣嘎嘣的响声了。父亲嘴里没有了牙齿,那嘴就成了舌头的天下。那自由的舌头时常翻滚:"那不是我的麦子,那不是我的麦子……"

我牵着父亲不停哆嗦的手,知道他一直很纠结公粮咋突然不让交了呢,他的那嘎嘣脆响的麦粒有多失望和忧伤呀!